新 潮 文 庫

自　　　覚

―隠蔽捜査5.5―

今 野　敏 著

新 潮 社 版

10700

目次

自覚

隠蔽《いんぺい》捜査5.5

漏《ろう》洩《えい》

1

「なんだ、これは……」

貝沼悦郎《かいぬまえつろう》は、思わずつぶやいていた。

毎朝、登庁すると、副署長席で新聞各紙に眼を通す。東日《とうにち》新聞の朝刊をめくっているときだった。連続婦女暴行未遂事件の記事が載っていた。

容疑者として、三十五歳の会社員が逮捕されたと書かれている。そんな話は聞いていなかった。

マスコミ対策は、大森署副署長である貝沼の役目だ。いつも、副署長席の周囲には、何人もの記者が群がっている。

今日は、まだ記者の姿がない。東日新聞の報道は、貝沼にとって寝耳に水だったが、抜かれた他紙の記者にとっても同様だったはずだ。

各社の記者たちは、今頃、事実関係を洗うために走り回っているはずだ。刑事たちに夜討ち朝駆けで話を聞こうとしているのだろう。

実名は載っていない。それがせめてもの救いだと、貝沼は思った。

新聞を開いたまま、貝沼は斎藤《さいとう》警務課長に言った。

「署長はもう来てるのか？」

斎藤警務課長がこたえた。

「いえ、今日はまだです」

「署長席の新聞の束から、東日新聞を抜いておいてくれ」

斎藤警務課長が怪訝《けげん》な顔をする。

「どうしました？」

「捜査情報が洩《も》れたらしい。私も知らなかった事実だ。いや、事実かどうかも、まだわからない」

事情を察した斎藤は、すぐに署長室に駆けて行った。東日新聞の朝刊を手に戻って来た彼は言った。

「こんなことをしても、署長はすぐに気づきますよ」

「しばらく時間を稼ぎたいんだ。関本《せきもと》刑事課長を呼んでくれ」

本当は刑事組織犯罪対策課長なのだが、長ったらしいので、みんな刑事課長と呼んでいる。

「はい」

斎藤が刑事課に電話をかけると、関本はすぐにやってきた。

「お呼びですか？」

「東日新聞を読んだか？」

関本の表情が曇り、顔色が少し悪くなる。「強制わいせつの件ですね……」

新聞には連続婦女暴行未遂と書かれていた。もともと婦女暴行という法律用語はない。だから、警察でもそういう言葉は使わない。強姦《ごうかん》か強制わいせつということになる。

「三十五歳の会社員が、容疑者として逮捕されたと書かれている。私はそんな話は聞いていない」

「自分も驚いています。いったいどこから漏れたのか……」

貝沼は、深呼吸した。普通の上司なら怒鳴りつけていたかもしれない。だが、長い警察官人生の中で、貝沼が部下を怒鳴ったことは数えるほどしかない。よほどの重大事でない限り、そういうことをしてはいけないと思っている。

大声を出す警察官は多い。そして、たいていの警察官は怒鳴られることに慣れている。大学や高校の運動部の経験者が多いからかもしれない。

上品ぶっていてはやっていけない仕事だという側面もある。それが警察の体質なのだ。それはわかっているが、貝沼は部下を怒鳴りつけたりするのが好きではなかった。

「無責任な発言だな。会社員を逮捕したというのは本当なのか？」

「はあ、逮捕したのは事実ですが……」

「どうかしたのか？」

「取り調べの結果、ちょっと微妙になってきまして……」

「どういう意味だ？」

「誤認逮捕かもしれません」

「逮捕の経緯は？」

「管内で、強制わいせつ並びに強姦未遂が連続して起きているのはご存じですね？」

「もちろん知っている」

「これまで五件の事件が、いずれも同一の地域で起きており、地域課と協力して警戒を強めていたのです」

「それで……？」

「女性の悲鳴が聞こえて、警ら中の地域課係員が駆けつけました。若い女性が路上で、男性に腕をつかまれているのを目撃して、その場で取り押さえたのです」

「現行犯逮捕か？」

「そういうことになります」

「誤認逮捕というのは……？」

「本人が犯行を強く否認しています」

「珍しいことではない。それを落とすのが刑事だろう」

「当然、過去の五件についても追及しました。しかし、被疑者は一貫して容疑を否定しています。逮捕時の出来事について、彼は言い訳をしているのですが、実は、その言い訳が、けっこう筋が通っておりまして……」

「説明してくれ」

「逮捕の現場は、細い路地が交差する辻《つじ》でしてね……。被疑者は、女性と鉢合わせするような恰好《かっこう》になったんだそうです。女性は、驚いて声を上げました。その声を聞いて、地域課係員たちが駆けつけたわけですが、そのとき、女性が逃げようとしたので、咄嗟《とっさ》に腕をつかんだのだと言っています」

「どうして、腕をつかんだりしたんだろうな……」

「悲鳴を聞かれ、警察官に捕まったりしたら、言い逃れできないと考えたようです。

だから、何もしていないと、女性に証言してもらおうとしたのだと言っています」

斎藤警務課長がやってきて、そっと告げた。

「署長が登庁されました」

「東日新聞のことを訊《き》かれたら、うまくごまかしてくれ」

「相手が署長じゃ、自信ありませんね」

「なんとかするんだ」

斎藤は、難しい表情で席に戻っていった。これから、署長印をもらうためのファイルの山を届けに行くのだろう。

貝沼は、関本刑事課長に言った。

「その女性は、何と言ってるんだ？」

「よくわからないのです」

「よくわからない……？」

「女性は、ひどく興奮した様子で、しかも日本語があまりうまく話せないのです」

「外国人なのか？」

「中国からの留学生のようです。今、通訳を手配しています」

「何ということだ……」

貝沼はうめいた。「その会社員が、性的な暴行をはたらこうとした証拠は何もないのだな？」

「男の話は、たしかに筋が通っています。強制わいせつや強姦未遂の証拠もありません。しかし、男が犯罪を目論《もくろ》んでいなかったという証拠もないのです。性的な犯罪が目的で、女性に接した疑いもあるのは事実です」

「先ほど、誤認逮捕かもしれないと言ったじゃないか」

「捜査員の中には、そういう意見の者もいるということです」

「現行犯逮捕は、いつのことだ？」

「昨夜の二十三時頃のことです」

「送検まで、あと三十八時間か……」

逮捕してから、四十八時間以内に身柄を検察に送ることになっている。それまでに、結論を出さなければならない。

しかし、どちらに転んでも困ったことになる。東日新聞以外の記者たちは、貝沼に事実を発表しろと詰め寄るだろう。一社だけに情報を流したことを、露骨に責める者も出てくるかもしれない。

誤認逮捕だったら、各紙は警察の責任を追及しにかかるだろう。

マスコミは、警察の不祥事を虎視《こし》眈々《たんたん》と狙《ねら》っている。誤認逮捕など、恰好の標的だ。

貝沼は関本刑事課長に言った。

「事実を突きとめるんだ。その会社員が犯人かそうでないかの確率はどんなもんだ？」

「五分五分というところでしょうか」

これは、おそろしく分が悪いことを意味している。捜査員は、五分五分では逮捕などしない。

言葉は悪いが、地域課の係員が、はずみで現行犯逮捕してしまったのだろう。だが、ここでうろたえたり、意気消沈したりしているわけにはいかない。

「時間はまだある。もしかしたら、自供を始めるかもしれないんだろう？」

関本はこたえなかった。彼は、すでに誤認逮捕だと考えているのかもしれない。

貝沼は、さらに言った。

「それから、どこから漏れたか調べてくれ。今後、こういうことのないように、厳重に注意しなくてはならない」

「わかりました」

関本は一礼して、副署長席を離れていった。

どこから漏れたか。それをつきとめるのは難しい。捜査情報が漏れるのがどういうことか、警察官なら誰でも知っている。情報が漏れることで、捜査に大きな支障をきたすことになる。

だから、捜査情報を漏らした警察官がいたとしたら、絶対にそのことを口には出さないだろう。

記事にした記者のほうも、ニュースソースは決して明かさないはずだ。記者がもし口を割ったら、もう二度とその捜査員から情報をもらうことはできなくなる。

関本課長も、そういう事柄は熟知しているはずだ。その上で、「わかりました」とこたえたのだ。

できれば、漏らした人物を特定してもらいたい。だが、万が一明らかにならなくても、関本が調べているというだけで、綱紀粛正にはなるはずだ。

関本が去って、五分ほどすると、恐れていたことのひとつが現実となった。

大手新聞社のベテラン記者がやってきた。明らかに機嫌が悪そうだ。

「副署長、あれはないだろう」

ここは白を切ることにした。

「何のことでしょう？」

「どうして、全社に向けて発表してくれなかったんだ？」

「だから、何のことだと訊いているんです」

「あんたとは長い付き合いだ。だから、あんたが、そういう言い方をするときは、たいていまずいことをしたと思っているときだ」

「別にまずいことをしたなんて、思っていない」

「あんたは、警察官でよかったよ」

「何だね、今さら……」

「嘘《うそ》を見抜くほうで正解だってことだ。嘘をつくのがうまくない」

「別に嘘なんてついていませんよ」

「東日新聞が抜いた。あれ、事実なのか？」

「連続強制わいせつ並びに強姦未遂の件ですね。被疑者逮捕は事実ですよ。ですが、私も今朝報告を受けたところでしてね……」

「じゃあ、東日新聞のやつはどうしてそのことを知ったんだ？」

「さあね。それを私に訊かれても困ります。本人に訊いてください」

「私はね、警察の公式な見解を聞きたいんだ」

「この件に関しては、ノーコメントですよ」

別の社の記者たちもやってきた。彼らは、貝沼とベテラン記者のやりとりを無言で見つめていた。

ベテラン記者が言った。

「今後は、私らにも何かいいことがあると期待しているよ」

東日新聞だけにいい思いはさせないという意味だ。貝沼はうんざりした。抜いた抜かれたは、新聞社同士の問題だ。警察は関係ない。

記者たちへの対処は、たしかに面倒だ。だが、貝沼が一番恐れているのは、竜崎伸《りゆうざきしん》也《や》署長を怒らせることだ。

竜崎は、声高に部下を叱《しか》り付けるようなことはしない。部下に責任を押しつけたりもしない。それが逆に恐ろしいと、貝沼は感じるのだ。

竜崎の信頼にこたえているうちはいい。だが、いったんその信頼を裏切ったら、二度と相手にしてくれないような気がする。

実際にそういうことがあったわけではないし、誰かからそんな話を聞いたわけでもない。竜崎の普段の態度が、そう思わせるのだ。

考えすぎかもしれないと、思うこともある。だが、慎重に対処すべきだ。署長は、頻繁に入れ替わる。警察署の実権を握っているのは、実は副署長だというのは、常識だ。

かつては、署長はキャリアの若殿修行の場でもあった。ベテランの警察署員が、息子のような年齢の署長にこき使われたものだ。

キャリア組の署長は二、三年で異動する。実権を握るどころではないのだ。だから、貝沼はずっと、大森署を切り盛りしてきた。それも、竜崎がやってくるまでのことだった。

キャリア組にもいろいろな人がいて、本当に優秀な人材は少ない。竜崎署長は、その貴重な人材の一人だ。

降格人事を甘んじて受け、署長になるキャリアなど聞いたことがなかった。降格になった時点で、警察官を辞めるのが普通だ。

竜崎署長は、あらゆる意味で普通ではなかった。だが、本人は、自分のことを、いたって常識的な人間だと思っているようだ。

それが貝沼には不思議でならなかった。

2

昼を過ぎても、竜崎署長から呼び出しはなかった。

午後からは、区のお偉方との打ち合わせが入っていたはずだ。外に出かけている間は、安心していられる。

貝沼は、関本刑事課長に内線電話をかけた。

「どうだ？　進展はあったか？」

「いえ、相変わらず容疑を否定しています」

「やはり、誤認逮捕だったということか……」

「その可能性は高いと思います」

「中国人女性のほうは、どうだ？」

「通訳が来て、話を聞きましたが、いきなり路地から男が現れたので、驚いて声を上げたのだと言っていました」

「実際に被害にあったわけではないのだな？」

「暴漢だと思ったとは言っていますが……」

被害にあわなかったのだから、よかったと思わなければならない。だが、この場合、女性が被害にあったと言ってくれれば、誤認逮捕という不名誉を免れることができるのだ。

人の不幸を望まざるを得ないときもある。警察官というのは、因果な職業だ。貝沼は、そんなことを思っていた。

「わかった。引き続き、取り調べを続けてくれ。だが、くれぐれも自白の強要などしないようにな」

「心得ております」

誤認逮捕の上、自白を強要したなどと新聞に書かれたら、大森署の名誉は失墜する。署長と副署長の首くらいは飛ぶかもしれない。

そう考えると、ぞっとした。自分が懲戒免職になることも恐ろしいが、それよりも竜崎署長を怒らせることのほうが、ずっと恐ろしいと感じた。

なんとしても、この危機を切り抜けなければならない。

貝沼は、関本課長にさらに尋ねた。

「どこから漏れたか、わかったか？」

「いえ……。ですが……」

関本課長は、言い淀《よど》んだ。

「何だ？」

「今日未明のことですが、署内で東日新聞の記者とうちの捜査員が話をしているところを見たという者がおりまして……」

「捜査員？　誰だ？」

「戸高《とだか》です」

勤務態度に少々問題がある刑事だ。

「あいつか……」

「いや、でも、署内で記者と刑事が話をするというのは、ごくありふれた光景ですから……」

「あの記事がなければ、その言葉にもうなずけるのだがな……」

「はあ……」

「戸高は、今どこにいる」

「今日は、明け番です。昨夜は当番だったので、夜中に署にいたわけです」

「……ということは、地域課係員が緊急逮捕した会社員の身柄を受け取ったのは、戸高なのか？」

「はい。最初に取り調べを担当したのも彼です」

「戸高を呼び出してくれないか。話を聞きたい」

関本課長は、即答しなかった。休日に係員を呼び出すことにためらいを感じているのかもしれない。事件なら、関本課長も迷いはしないだろう。だが、話を聞くためだけに休日の出勤を命じるというのがひっかかるようだ。

やがて、関本課長は言った。

「わかりました。すぐに連絡を取ってみます」

「すまんな」

電話を切ると、斎藤警務課長が立ち上がるのが見えた。署長に呼ばれたようだ。なぜ呼ばれたのかが気になった。

斎藤課長はすぐに戻って来た。貝沼は彼を呼んで尋ねた。

「署長は、何の用だった？」

「区議会議員との会談に、十分遅れる旨《むね》を伝えてくれと言われました」

「それだけか？」

「はい」

「東日新聞のことは、何も言ってなかったんだな？」

「何も言ってませんでした。それにしても……」

「何だ？」

「区議との待ち合わせに遅れるなんて、たいしたものだと思いまして」

「署長だからな」

竜崎が出かけるのを、貝沼も見送った。何か言われるのではないかと、冷や冷やしていたが、何事もなかった。署長は、いつもとまったく変わりない態度で出かけていった。

まだ、東日新聞のことは気づいていないようだと、貝沼は思った。あるいは、東日新聞が机の上になかったことなど気にしていないのだろうか……。

それから十分ほどして、戸高がやってきた。

スーツ姿だが、警察官らしくなく、少々崩れた感じがする。

「何ですか、話って……」

えらく不機嫌そうだ。明け番の休日に呼び出されたのだから無理もない。

「ちょっと、来てくれ」

貝沼は、立ち上がって空いている部屋を探した。小会議室に、戸高と二人で入った。

戸高は、ずっと仏頂面《ぶっちょうづら》だった。

貝沼は、椅子《いす》に腰を下ろすと言った。

「まあ、かけてくれ」

戸高は、貝沼の向かい側の席に座った。

「東日新聞の記事のことは知っているな？」

「被疑者逮捕を抜いたやつですね？　知ってますよ」

「昨日、君は当番だったそうだね」

「そうです。だから今日は明け番なんですよ」

呼び出されたことに文句を言っているのだ。

「君が、最初に取り調べを担当したと聞いたが？」

「そのとおりですよ」

「そのことを、誰かに話したかね？」

「係長に報告しましたよ。係長は、課長に連絡したはずです」

「上司とか同僚ではなく、署員以外の誰かに、だよ」

「いいたいことはわかりますよ。俺が、記者に漏らしたと思っているんでしょう？

でもね、俺はそんなことはしちゃいません」

「今日未明に、東日新聞の記者と署内で話をしているところを見たという者がいるらしい」

「新聞記者は、自宅まで押しかけてくるんですよ。署内で話をするのは普通のことじやないですか」

「どこから漏れたか、把握しておきたいんだ。気を悪くしないでくれ」

「しますね。休みに呼び出されて、犯人扱いですからね」

貝沼は、何だかひどく悪いことをしているような気分になってきた。

「話を聞いておきたかっただけなんだ」

「たしかに、俺は未明に、東日新聞の記者と話をしました。でも、それは二時半頃のことです。これ、どういうことかわかりますよね？」

貝沼は、はっと戸高の顔を見た。

「朝刊の最終版の締め切りが午前二時……」

「そういうことです。もし、俺がそのときに東日新聞の記者に話したとしても、締め切りに間に合わないんですよ」

「二時半頃というのは、確かなんだね？」

「俺と記者が話しているところを目撃したというやつに、確認してみればいいじゃないですか」

どうやら、情報を漏らしたのは戸高ではなかったようだ。

「呼び出して済まなかった。事実関係を明確にしておきたかったんだ」

「帰っていいですね？」

「ああ。ごくろうだった」

戸高は立ち上がり、形ばかりの礼をして部屋を出て行った。貝沼は、一人で部屋に残り、考えていた。

これからどうするべきだろう。

東日新聞が、被疑者逮捕を報じていなければ、誤認逮捕だったとしても、釈放して何事もなかったような顔をすることもできただろう。

だが、もう遅い。逮捕したことが世間に知られてしまった。

いつ会社員を釈放するか。そのタイミングを見極めなければならない。刑事課長と相談しておくべきだと思った。

小会議室から電話してみた。

「様子はどうだ？」

「相変わらずです」

「しつこいと思われるかもしれんが、気になってな……」

「いえ……。報告できずに、申し訳ありません」

「釈放の時期について、相談したい」

関本が驚いた声で言った。

「まだ、シロと決まったわけじゃありませんよ」

「だが、その可能性が大きいのだろう？」

「それは、まあ、そうですが……」

「いずれにしろ、逮捕後四十八時間以内に結論を出さねばならないんだ」

「自分らとしては、ぎりぎりまで粘りたいのですが……」

「気持ちはわかるが、私としては、最悪の事態を想定しておかなければならない。誤認逮捕を認める記者発表の準備をしておこうと思う」

「わかりました」

「では、釈放は、送検の期限である明日の午後十一時ということでいいね？」

「それまでに自白する可能性は、まだ残っています」

「物証も証人もいないのだろう？」

「ええ、まあ……。これまでの五件ですが、強姦《ごうかん》については未遂ですので、体液などを採取できたわけではありません」

貝沼は、またしても先ほどと同じことを考えていた。未遂でよかったと思うのが普通だ。だが、未遂だったことで物証が手に入らなかった。警察は因果な仕事だ。

「だったら、絶望的じゃないか」

「そうかもしれませんが……」

どうも関本課長の口調が気になった。

「何か有力な情報でもあるのか？」

「いえ、そういうわけではありませんが……」

「何かあるのなら言ってくれ」

少しだけ間があった。

「最初に取り調べをしたのは、戸高だと言いましたね」

「ああ、戸高には今し方話を聞いたところだ。どうやら、捜査情報を漏らしたのは戸高じゃなかったようだ」

「彼が、取り調べ担当者への引き継ぎのときに、こう言ったのです。きっちり、落としてくれよ、と……」

「どういうことだ？」

「戸高は、逮捕された会社員をホシだと睨《にら》んでいるようなのです」

「戸高の判断に一縷《いちる》の望みを託しているということか？」

「まあ、そういうことになりますか……」

「戸高の思い込みかもしれない」

「その可能性もありますが、戸高はあれでなかなか眼力があるのです」

貝沼はがっかりした。

「そんなものを当てにはできないよ。やはり、私は誤認逮捕についての記者発表の用意をしておくことにする」

「あの……」

「何だ？」

「署長に相談しなくていいのですか？」

「マスコミ対策は、私の仕事だ」

また、妙な間があった。

「了解しました。それでは、私からもこの件は、署長に報告しなくてよろしいのですね？」

「何か進展があるまで、署長には報告しなくていい。だが、私には逐一知らせてくれ」

「わかりました」

貝沼は、電話を切ると、不安感が増しているのに気づいた。「署長に相談しなくていいのか」という関本課長の一言のせいかもしれない。

たしかに、マスコミ対策は副署長の役目だ。だが、だからといって、署長に報告も相談もなしでいいものだろうか。

お飾り署長の時代にはそれでよかった。実際に、数々の問題を署長に相談せずに貝沼が解決してきた。竜崎が署長になって、事情が一変したのだ。

もしかしたら、私は今、最悪の選択をしようとしているのではないだろうか……。

そう思うと、にわかに恐ろしくなってきた。竜崎署長抜きで何かを解決しようというのが、とても危険な賭《か》けのように思えてきたのだ。

東日新聞の朝刊を隠したりしなければよかった。明け番の戸高を呼びつけたのも失敗だったかもしれない。

何だか、やることなすことが裏目に出るような気がしてきた。

貝沼は、立ち上がった。

私は、事態をもっと悪くしようとしているのかもしれない。最良の方法とは何か。

それは明らかだ。

署長に報告して指示を仰ぐことだ。

貝沼は、ようやくそういう結論に達した。

3

いったん報告をすると決めると、署長の帰りが待ち遠しかった。すぐに報告をしなかったことや東日新聞を隠すように命じたことなどを責められるかもしれない。叱責《しっせき》は甘んじて受けるつもりだった。叱《しか》られることは恐ろしくはない。竜崎から無能だと思われることが恐ろしかった。

竜崎署長は、三時過ぎに戻って来た。貝沼は、すぐに署長室に向かった。

「ちょっと、よろしいですか？」

署長は、戻って来るなり、書類の判押しを始めていた。その作業を続けながらこたえる。

「何だ？」

「ご報告しなければならないことがあります」

「ならば、さっさと報告してくれ」

「連続強制わいせつ並びに強姦《ごうかん》未遂の件です」

「ああ、被疑者が逮捕されたのだろう？」

竜崎は、判を押しながら言った。貝沼はびっくりした。

「ご存じでしたか」

「東日新聞だけに記事が載っていた」

「あの……。お机の上には、東日新聞はなかったはずですが……」

判を押す竜崎署長の手は止まらない。

「そうだったのか？」

「ええ……」

「私は、いつも自宅で朝刊に眼を通すんだ。署では、朝刊など読んでいる暇はないからな」

「そうでしたか……」

竜崎署長の手が止まった。貝沼のほうを見た。とたんに、落ち着かない気分になった。

「東日新聞がなかったはずだと言ったな。なぜだ？」

「それは、つまり……」

「東日新聞を置かないように、君が斎藤課長に指示したのか？」

「そのとおりです」

「なぜだ？」

そう尋ねられて、なぜ署長に記事を見られまいとしたのか、自分でも理由がわからなくなった。あの瞬間は、確信を持って斎藤警務課長に指示を出したのだ。それが今思うと不思議でならなかった。

貝沼は、正直に言った。

「よくわかりません。東日新聞に抜かれたということは、捜査情報が漏れたということです。その不祥事を、署長に知られたくなかったのだと思います」

「どんな不祥事が起ころうと、責任を取るのは私だ。報告せずに済ませられるはずがないだろう」

「おっしゃるとおりです」

「そういえば、刑事課長も報告に来ないが、君が止めているのか？」

「実は、捜査情報が漏れた以上の不祥事となる恐れがありまして……」

「どういうことだ？」

「誤認逮捕かもしれません」

「誤認逮捕だって？」

貝沼は、被疑者逮捕までの経緯を詳しく説明した。竜崎署長は、無言で話を聞いていた。聞き終わると、言った。

「それで、何が問題なんだ？」

「は……？」

「君はずいぶんと深刻な顔をしている。何か問題だと思っているんだろう？」

「まず、捜査情報が漏れたということが問題だと思います。そして、被疑者逮捕が記事になってしまったので、誤認逮捕を隠しておくことができなくなった点も問題だと思います。もちろん、誤認逮捕自体が問題ではありますが……」

竜崎署長は、不思議そうな顔で、貝沼を見た。

「捜査情報が漏れたのだとしたら、それはたしかに問題だ。だが、被疑者を逮捕した事実は何も捜査上の秘密ではない。逮捕したのは地域課の係員なのだろう？　ならば、地域課の連中もそのことを知っているはずだし、悲鳴を上げた中国人の女性も逮捕の事実を知っているはずだ」

「あ……」

貝沼は言われて気がついた。「たしかに、そう言われてみると、逮捕自体は捜査上の秘密ではありません……」

「だから、新聞記者に漏れたとしても何も問題はない」

「しかし、他社の連中が黙ってはいません」

「スクープをものにした東日新聞の記者が熱心で有能だったということだろう。他社は競争に負けたんだ。警察に文句を言う筋合いじゃないよ」

これも、言われてみれば、もっともな話だ。

「現行犯逮捕が報道されなければ、誤認逮捕も伏せておけたのではないかと思いますが……」

「私は隠蔽《いんぺい》が嫌いだ。そのことは、君もよく知っているだろう」

「そうでした……」

「何も隠す必要はないんだ。誤認逮捕など、しないに越したことはない。だが、警察官だって人間だ。間違えることもある。間違いを犯したときは、へたに隠したりせずに、それをすみやかに正せばいいんだ。極論を言えば、誤認逮捕を恐れていては捜査などできない」

「誤認逮捕自体は、問題ではないと言われるのですか？」

「問題ではある。捜査は慎重であるべきだ。人権にも配慮しなければならない。だが、取り返しのつかない間違いではない。経緯を説明すれば、マスコミだって理解するだろう」

「鬼の首を取ったように書き立てる連中もいるはずです」

「もう一度言う。そんなことを気にしていたら、捜査などできない」

「本庁の上層部が何か言ってきませんか？」

「本庁の上層部？　警察官よりマスコミを大切にする上層部なんて、いると思うか？」

「はあ……」

「万が一、いたとして、何か言ってきても、突っぱねりゃいいんだ」

そうだった。警視庁の刑事部長は、竜崎署長と同期で、しかも幼馴染《おさななじ》みだった。たしかに、署長なら突っぱねることもできるな……。貝沼は納得した。

「それで、その被疑者はもう釈放したのか？」

「いえ、まだ取り調べを続けているようです」

竜崎署長が珍しく驚いた顔になった。

「どうしてだ？　誤認逮捕なんだろう？　速やかに解放すべきだろう」

「刑事課では、完全に容疑が晴れたわけではないと考えているようです」

「容疑が晴れていない……？」

貝沼は、苦笑を浮かべざるを得なかった。

「関本課長が、妙なことを言うんですよ。最初に取り調べを担当した捜査員が、その会社員を犯人だと信じていると……。捜査員の勘など当てにはできないと、私は言ったのですが……」

「関本課長は、その捜査員のことを信頼している。だが、君は信頼していない。そういうことか？」

「信頼するも何も……。まるで根拠がない話ですから……」

「それでも、関本課長は信じているのだろう？」

「希望的観測に過ぎないと思います」

「その捜査員というのは、誰のことだ？」

「戸高なんです」

「戸高か……。あいつは、勤務態度に少々問題がある」

「ええ、時々、規則を無視しますし……。勤務時間中に、競艇場に行ったりしているようです」

「だが、捜査能力はある。仲間の信頼も篤《あつ》い。関本課長が信頼するのも理解できる」

貝沼は、竜崎署長の真意をはかりかねた。「しかし、一捜査員が根拠もなしに言っていることです」

「関本課長と戸高の話を聞いておきたい」

貝沼は戸惑った。

「あの……、今日、戸高は明け番でして……」

「そんなのは、どうということはないだろう。緊配《きんぱい》でもかかったら、明け番だろうが公休だろうが、引っ張り出される。それが警察官だ」

「実は、さきほど呼び出して話を聞いたばかりでして……」

休みの日に二度も呼び出すのは心苦しい。

「必要があれば、何度でも呼べばいい」

この冷徹さに、いつも驚かされる。竜崎署長は、合理性の塊だ。そして、貝沼には、その指示に逆らう度胸はない。

「わかりました。すぐに連絡します」

「一度呼び出したと言ったな?」

「はい」

「それなら、あいつはまだ署にいるかもしれない」

「どうして、そう思われるのです?」

「明け番を台無しにされて黙っているようなやつじゃない。今日はこのまま働いて、明日あたり代休を取ろうと考えていると思う」

果たしてそうだろうか。とにかく、連絡してみようと思った。

「では、失礼します」

「すぐに連絡すると言わなかったか？」

「そのつもりですが……」

「ならば、この電話を使えばいい」

竜崎署長は、机上の電話を指さした。署長の電話を使うのは気がひける。だが、竜崎は、そういうことは一切気にしないらしい。迅速な対応のほうを重視するのだ。

貝沼は、言われたとおりにすることにした。

「失礼します」

手を伸ばして、受話器を取り、刑事課に内線電話をかけた。

関本課長を呼び出すと言った。

「署長が、話を聞きたいとおっしゃっている」

「例の件ですか？」

「そうだ。概要は私から説明した。戸高と話したいという署長のご意向だ。今から呼び出せるか？」

「ああ、戸高ならここにいますよ。取り調べの結果が気になるなんて言ってますが、明日あらためて代休を取るつもりのようです」

竜崎署長の読みどおりだったので、貝沼は驚いた。署長のほうを見ると、押印《おういん》を再開していた。

「二人ですぐに署長室に来てくれ」

「了解しました」

電話を切ると、手持ち無沙汰《ぶさた》になった。関本課長と戸高がやってくるまで、することがない。署長と世間話をするわけにもいかない。

竜崎署長は、世間話の相手には最も向かないタイプだ。結局、黙って立っていることにした。

関本と戸高は、電話を切ってから約三分後にやってきたが、その三分がえらく長く感じた。

竜崎署長は、すぐに戸高に尋ねた。

「地域課から被疑者の身柄を受け取り、最初に取り調べをしたのは、君だということだが……」

「そうですよ」

「関本課長によると、君は、彼が犯人だと信じているようだな？」

「地域課だってばかじゃありません。よほどのことがない限り、逮捕なんてしませんよ」

「確認させてくれ。被疑者は、辻《つじ》で女性と鉢合わせした。女性が驚いて悲鳴を上げ、巡回中の地域課係員がそれを聞いて駆けつけた。女性の腕をつかんでいる男を見て現行犯逮捕した。そういう経緯でいいんだな？」

「大筋は合ってますが、ニュアンスが違いますね」

「どう違うんだ？」

「地域課の係員によると、駆けつけたとき、被疑者と中国人女性は、明らかに揉《も》み合っていたということです」

「揉み合っていた……？　本人は、証言してもらおうとして、腕をつかんだと言っているのだろう」

「言い訳に過ぎないかもしれません。どこかに連れて行こうとしていたとも考えられます」

「どうしてそう思う？」

「悲鳴ですよ」

「悲鳴？」

「いくら暗い道だからといって、鉢合わせしそうになったくらいじゃ、悲鳴なんて上げませんよ。地域課係員は、はっきりと悲鳴を聞いたと言っているんです」

貝沼は、思わず関本課長と顔を見合わせていた。

竜崎署長の質問が続いた。

「その他に、男の容疑を信じる根拠はあるのか？」

「身柄を受け取ったときに、ぴんと来ましたね。こいつは、開き直っているって……」

「君の観察眼は認めるが、それは根拠にはならない」

「男は、素面《しらふ》だったんです」

「それがどうした？」

「夜の十一時です。会社帰りに一杯ひっかけての帰り道というのならわかりますが、そんな様子でもなかった。男はね、トレーニングウエアの上下を着ていたんです」

「ジョギングか何かの最中だったのかもしれない」

「でも、汗もかいていなかったんです。夜の十一時に、被害が頻発している地域で、そんな男が歩いていたら、充分に職質の対象になります。そして、その男が女と揉み合っていた。しかも女は悲鳴を上げているんです」

竜崎署長が関本課長に尋ねた。

「その中国人の女性は、何と証言しているのだっけな？」

「通訳を通してのことなので、細かいニュアンスは伝わってこなかったのですが……」

「何と言っていたんだ？」

「暴漢と思ったと証言しています」

「逮捕は、昨夜の十一時頃だったな。送検のリミットは、明日の午後十一時か」

関本課長がこたえる。

「はい」

「では、今戸高が言ったことをもとに、厳しく追及しろ。私は、戸高の判断は妥当だと思う」

「わかりました」

関本課長がにわかに元気を取り戻したように見えた。

貝沼は不思議だった。関本課長から報告を受け、戸高から話を聞いた。竜崎署長とやったことはまったく同じだ。だが、結果がこんなに違っている。

竜崎署長は、いとも簡単に方針を決めた。東日新聞の報道や、誤認逮捕について苦慮していたのが、嘘《うそ》のようだ。

竜崎署長は、判を押しながらさらに、戸高に尋ねた。

「君は、誰が東日新聞に逮捕のことを伝えたのか知っているのか？」

「知っています」

貝沼はまたしても驚いてしまった。戸高は、そんなことは一言も言っていなかった。

「その点も明らかにしておきたい。教えてくれないか。誰だ？」

「俺の口からは言いにくいですね」

「問題にはしない」

「俺はね、身内を売るような真似《まね》はしたくないんです」

「では、私が推理するから、それが合っているかどうかだけこたえてくれ」

戸高は、しばらく考えていた。やがて、彼は、さっと肩をすくめてから言った。

「それなら、いいでしょう」

竜崎署長は、判押しを続けながら言った。

「逮捕した地域課の係員だな。おそらく、その記者も現場のそばにいたんだろう？」

戸高は、かすかに笑いをうかべた。

「そのとおりです。記者は、警ら中の地域課の連中の動きを追っていたようです。そこで逮捕劇を目撃した。地域課のやつは、記者に、逮捕ですか、と聞かれて、咄嗟《とっさ》に、そうだとこたえてしまったということです」

竜崎署長は、無言でうなずいただけだった。珍しく戸高が、不安げに尋ねた。

「問題にしないというのは、本当ですね」

「私は嘘は言わない。以上だ」

関本課長と戸高は、一礼して退室していった。貝沼は、何か言い残したことがあるような気がして、立ち尽くしていた。

竜崎署長が顔を上げた。

「まだ何かあるのか？」

「一言、申し上げたほうがいいと思いまして……」

「何だ？　私は何か判断を間違ったかな？」

「とんでもない。私は、大きな過《あやま》ちを犯すところでした。それを申し上げたくて……」

「過ちを犯しかけた。だが、すぐにそれを軌道修正した。それでいい」

この人にはかなわない。

貝沼は、深々と礼をして署長室を出た。

被疑者が、犯行を自供したという知らせがあったのは、その日の夕刻だった。誤認逮捕ではなかったのだ。記者たちが刑事課の動きを察知して、貝沼の席に集まりはじめた。臨時の記者発表をしなければならない。

その前に、竜崎署長に報告しておかねばならないと思った。席を立つと、ベテラン記者が声をかけてきた。

「今度は、ちゃんと記者発表をしてくれるんでしょうね？」

東日新聞に抜かれたことで、文句を言いに来た記者だ。貝沼は言った。

「私のところで油を売ってないで、足を使ったほうが、いい記事が書けると思うがね」

記者は、鼻白んだ顔になった。

署長室に行くと、竜崎署長は、まだ判押しを続けている。

「強制わいせつ並びに強姦未遂の被疑者が自供しました」

署長は顔も上げずに、「そうか」と言っただけだった。

「臨時の記者発表をしようと思いますが……」

「君に任せるよ」

その何気ない一言がうれしかった。

この人は、部下を信じているのだ。戸高も、そしてこの私も……。

思わず笑みが浮かんだ。竜崎は書類に眼をやったままだ。

貝沼は、署長室を出てから深呼吸をし、記者たちのもとに向かった。

訓練

訓練

1

「スカイマーシャルですか？」

畠山《はたけやま》美奈子《みなこ》は、警備企画係長とともに、警備第一課長に呼ばれた。菅原《すがわら》警備第一課長の指示に、思わず聞き返していた。

「そうだ。大阪府警本部に行って、訓練を受けてもらう」

警備企画係長は、あらかじめその話を聞いていたらしく、驚いた様子もない。

美奈子は、胸が躍った。警視庁警備部が、新たな取り組みを始めて、そこに参加できる。同時に、戸惑ってもいた。その疑問を素直に口に出した。

「あの、どうして警備企画係の、しかも、女性の私が、その訓練を受けるのでしょう？」

菅原課長は、いつも無表情だ。感情を表に出さないので、機嫌がいいのか悪いのかも、わかりかねる。

その課長が言った。

「部長の指示なんだ」

「部長の……？」

警視庁警備部長、藤本実《ふじもとみのる》だ。キャリア組で、五十一歳の警視監だ。

「そう」

菅原課長がうなずく。「君は、刑事部でＳＩＴ《シット》（特殊犯捜査係）の訓練も受けている」

「将来、スカイマーシャルを拝命するということでしょうか？」

菅原課長と警備企画係長が、顔を見合わせた。菅原課長が、美奈子に眼を戻した。

「キャリアの君が、警備の現場に立つとは思えない。部長には、別のお考えがあるのだと思う」

「別のお考えですか？」

「いずれ、君は警察官僚として、いろいろな場所で、多くの経験を積むことになる。今回の訓練は、その一環だろう。国際的な観点からも、スカイマーシャルの訓練は、重要だ。きっと将来、君の役に立つことと思う」

「了解しました」

警備企画係長が言った。

「後で、庶務係に行って、出張の詳しい予定を聞いておくように」

「はい」

美奈子は、規定通りに上半身を折る礼をして、課長室を出た。

スカイマーシャルというのは、航空機に搭乗して、ハイジャックなどの犯罪に対処する武装警察官のことだ。

二〇〇三年に、アメリカ当局から、武装警備員添乗の要請があった。日本では、拳《けん》銃《じゅう》で武装できるのは、警察官、自衛官、海上保安官、麻薬取締官などに限られている。ハイジャック犯に対処するのが主な目的なので、警察庁が動いた。二〇〇四年には、千葉県警と大阪府警の機動隊に、スカイマーシャル組織が設置された。

千葉県警管内には、成田空港が、大阪府警管内には、関西空港があるからだ。スカイマーシャルは、乗客を装《よそお》ってキャビンに乗り込む。

今のところ、アメリカ行きの日本航空機と全日空機にしか乗り込まないが、それでも、充分な人数とは言えず、すべてのアメリカ行きの便に搭乗しているわけではない。

羽田空港が国際化したことを受けて、警視庁でも、その対応を協議していた。その訓練に、美奈子も参加することになったのだ。

スカイマーシャルの条件として、射撃や格闘術に精通していることが挙げられるが、同時に語学力が重視される。射撃や格闘術なら、ＳＡＴ《サット》（特殊急襲部隊）の中から選抜すればいいが、語学力となると、いきなりハードルが上がる。

美奈子は、英語には自信があった。その点では、スカイマーシャルの条件をクリアしているかもしれない。問題は、射撃や格闘術だ。ＳＩＴで訓練を受けたが、それからすぐに、今の警備企画係に異動になった。充分に訓練されているとは言い難い。

菅原課長は、キャリアとしての経験の一つだ、というようなことを言っていたが、それが本当ならば、多少は気が楽になる。

美奈子は、ふと藤本警備部長の顔を思い出していた。江戸っ子のようなべらんめえ口調で話すが、出身は福島県だ。

福島弁を隠すためだという人もいるが、おそらくは、言葉の問題よりもキャラクター造りの要素が大きいのだろうと思っていた。そういう工夫というか、戦略が好きなタイプだ。

一度、アメリカ大統領来日の警備本部に送り込まれたことがある。藤本部長直々の指示だった。

いい経験になるから行ってこいと言われたのだが、今でもその真意はわからない。その警備本部で、大森署の竜崎伸也《りゅうざきしんや》署長に会った。久しぶりの再会だった。警察庁に入庁してすぐの頃に、長官官房総務課の広報室で研修を受けた。その頃、竜崎は、広報室長だった。

藤本は、竜崎に、美奈子を好きに使ってくれ、と言ったらしい。それを知って、自分の役割がわかった。竜崎の補佐に徹すればよかったのだ。

キャリア組の先輩として、竜崎を尊敬していた。美奈子としては、その役割は大歓迎だった。そして、竜崎とともにアメリカ大統領の警護をやりきった経験は、美奈子にとって、とても大きな財産となった。

そういう意味では、藤本部長には感謝している。彼は、美奈子にいろいろな経験をさせてくれる。

部長のお気に入りだという、やっかみの囁《ささや》きも耳に届く。おそらく、菅原課長や、警備企画係長も、そう思っているに違いない。そういう眼差《まなざ》しは、つくづく鬱陶《うっとう》しいと思う。だが、仕方がないことなのだと、美奈子は諦《あきら》めている。

外資系企業だと、セクハラに神経質だから、そんなことを気にせずに働けるのかもしれない。だが、警察は、今でも強固な男性社会なのだ。

全国には、多くの女性警察官や、女性警察職員がいる。女性キャリアも増えつつある。それでも、マッチョな体質はなかなか変わらない。

男性社会の中では、女性の役割は限られている。誰かの所有物か付属品のような扱いをされるわけだ。男性原理は、支配欲と強く結びついているからだ。

だから、組織内で、「あれは誰々の女だ」というような噂《うわさ》が飛び交うことになる。男性を指して、「あれは、あいつの男だ」という言い方はしない。

実に前近代的なのだが、どこの国でもどの時代でも、軍隊や警察は、男性原理で成り立っている。そうでなければ、敵や犯罪者と戦うことができないのだ。

部長のお気に入りだと思われているのなら、それを受け容《い》れることだと、美奈子は肚《はら》をくくった。どうせ、キャリア組は、同じ部署に長く勤めることはない。

むしろ、メリットも多い。部長が防波堤になってくれて、セクハラや余計な恋愛沙《ざ》汰《た》に巻き込まれなくて済むのだ。

男性原理は、狩猟の原理でもある。男たちは、テリトリーの中で狩りをしようとするのだ。何人もの男に言い寄られて悩み、職を離れていく女性警察官は少なくない。

今回も、藤本直々の指名だという。ならば、従っておいて損はないかもしれない。

いずれにしろ、断ることはできない。藤本の指示には従うしかないのだ。

何事も、経験だ。美奈子は、そう思うことにした。

2

朝一番に、大阪府警本部に出頭するので、訓練を受ける者は、前日の夜に前乗りすることになっていた。

他のメンバーも、警備部内から選抜されたということだ。やはり、SATからの参加が多いらしい。

今回は、総勢六名が参加することになっていた。他のメンバーと顔を合わせたのは、午後七時過ぎのことだった。全員で連れだって、新幹線に乗り込んだ。

現地集合でよさそうなものだが、警察は集団行動を第一と考える。子供じゃあるまいし、と思うのだが、とかく男は群れたがるものだ。警察という組織に身を置いてみると、それがよくわかる。

美奈子を除く五名は、皆顔見知りのようだった。同じ小隊に属している者もいるということだ。一番立場が上なのは、小堀《こぼり》という名のSATの小隊長だ。三十五歳の警部補だ。

機動隊員らしく、髪を短く刈っており、身長はそれほど高くないが、体格がいい。

最初に、美奈子に話しかけて来たのは、彼だった。

「警備企画係の畠山さんですね？」

二人が、興味津々《しんしん》という様子で美奈子のほうを見ている。あとの二人は、わざと無視しているようだ。いずれにしろ、異分子に対する関心を隠すことができないのだ。

美奈子はこたえた。

「はい。畠山です」

「よろしく、お願いします。畠山警視」

それを聞いた四人が、一斉に美奈子のほうを見た。

警察官は、通常は階級で呼び合うことはない。小堀は、意識して「警視」と呼びかけたのだ。

彼は、驚いた顔をしている仲間たちに言った。

「知らなかったのか？　こちらは、キャリアの警視殿だ」

警視という階級は、ノンキャリアの彼らにとっては、雲の上の存在かもしれない。

だが、キャリアは、採用七年目で、警視に一斉昇進する。

彼らの態度が変わった。明らかな反感を感じる。

新幹線が入線してきた。小堀が言う。

「さあ、お先にどうぞ」

慇懃《いんぎん》な態度だが、彼が一番、美奈子に反感を抱いているのかもしれない。現場で苦労をしているノンキャリアは、キャリアを嫌っている。

努力の度合いが大きければ大きいほど、キャリアへの反感は強まる。おそらく、小堀は、現場で人一倍努力を重ねてきたのだ。だからこそ、彼は小隊長になれた。そういう人間ほど、キャリアを憎むものだ。

仲間たちに、美奈子がキャリアの警視だと教えたのも、彼女を孤立させるのが目的かもしれない。

美奈子は、気が重くなった。一週間にわたる訓練を、無事に終えることができるだろうか。不安だけが募った。

「では、我々は、ここで失礼します」

新大阪に着くと、小堀が美奈子に言った。

「え……？」

美奈子は、戸惑った。「皆、同じところに泊まるのではないのですか？」

「まさか……」

小堀が皮肉な笑みを浮かべた。「警視殿と、自分らが同じところに宿泊できるはずがないでしょう。自分らは、機動隊の隊舎内に寝泊まりします。それでは……」

彼らは、歩き去った。美奈子は、駅構内にたたずみ、しばらく彼らの後ろ姿を眺めていた。

彼女が庶務係から指定されたのは、一流とまでは言えないが、そこそこのホテルだった。チェックインして、部屋に入ると、負い目を感じた。

同じ訓練を受ける仲間は、おそらく学生の合宿のような環境で寝泊まりするのだ。美奈子だけが、特別扱いだ。それも、反感の原因となるだろう。

そうした要素を一つずつ潰《つぶ》していく必要がある。美奈子はそう思った。それが、自分の身を守ることにもつながる。

面倒だが、やらなければならない。美奈子は、そう決意していた。

訓練の場所は、関西空港の敷地内だ。関西空港内の部屋を借りて座学をやり、実地訓練は、客室乗務員訓練用のキャビンを使用して行われる。

訓練内容は、極秘で、マスコミの取材もシャットアウトされる。

座学は、大阪府警の警備部長の挨拶《あいさつ》から始まった。制服ではなく、背広を着ていた。続いて、警備課長の挨拶。

講義は、スカイマーシャルの隊長が行った。内容は、英語による不審者への尋問や、犯人への呼びかけの方法から、特殊な状況での銃の使用法まで、広範囲に及んだ。

宗教的な禁忌についての講義もあった。国際的なハイジャックを企てるのは、イスラム教の過激派の可能性が高いからだ。

語学については、問題なかったが、銃器については、美奈子が初めて知ることも多かった。スカイマーシャルが銃を使用する状況は、極めて限定的だ。飛行中の機内で、通常の銃弾を発射すると、機体を損傷して、大きな被害につながる恐れがある。

従って、スカイマーシャルは、特殊な弾丸を使用するという。フランジブル弾という弾丸だそうだ。

金属の粉を押し固めた弾丸で、人体に対しては、通常の弾丸と変わらない威力を発揮するが、固い物にぶつかると、砕けてしまう。

狭い屋内での跳弾を防いだり、運航中の航空機内で使用するための銃弾だ。

使用する拳銃《けんじゅう》は、機動隊の一部が使用しているのと同じ、シグ・ザウアーの自動拳銃だ。これは、美奈子も撃ったことがある。

座学が終わると、昼食の時間だった。すでに、警備部長は姿を消している。警備課長が残っていたので、美奈子は、声をかけた。

「ちょっと、よろしいでしょうか？」

「畠山さんでしたね」

警備課長が言った。おそらく、階級は同じだ。「何でしょう？」

「宿泊しているホテルのことなのですが……」

「気に入りませんか？　訓練なのだから、あまり贅沢《ぜいたく》なホテルは、ナンだと思いまして……。ランクアップしましょうか？」

「いえ、そうではなく……」

美奈子は、慌《あわ》てて言った。「私だけ、ホテルに宿泊というのも、気が引けます。他のみんなと同じにしていただかないと……」

「ばかを言っちゃいけません。あなたは、女性なんです。みんなと雑魚寝《ざこね》をさせるわけにはいきません。それは、他の訓練参加者にとっても迷惑でしょう」

「しかし、私だけ特別扱いというのも……」

「あなたは、特別なんです」

警備課長が、真剣な表情で言った。「女性というだけではありません。あなたは、キャリアなんですよ」

警備課長は、関西訛《なま》りがない。彼もキャリア組なのかもしれないと、美奈子は思った。

「しかし、同じ訓練を受けるからには、寝泊まりの条件も他のメンバーと同じにしていただいたほうがいいかと思います」

「その必要はありません。訓練が始まったら、おそらく、特別にホテルに泊まれることに、感謝するでしょう」

美奈子は、それ以上何も言えなかった。


午後からの訓練は、きわめて実戦に近い想定で行われた。大阪の警備部からも、同様に六名参加していた。スカイマーシャルの候補者たちなのだろう。

スカイマーシャルの隊員たちが、ハイジャック犯に扮《ふん》して、訓練が進められた。最初は、ハイジャック犯が一名の場合。

通常、警察の訓練では、拳銃を発射する真似《まね》だけをすることが多い。国内では、その必要性がそれほど高くはないからだ。射撃訓練は、別途射撃場で行われる。

しかし、スカイマーシャルの訓練では、模擬弾を使って、実際に銃を発射する訓練をする。空の上は海外だ。日本の常識は通用しないのだ。

会話は、すべて英語で行われた。

スカイマーシャルは、通常、一機に一名だけだ。だから、一人ずつ順番に訓練を受ける。他の参加者は、乗客の役をする。

最初は、大阪の参加者たちが訓練を受けた。彼らは初めてではないらしい。難なく教官の要求をクリアしていく。

警視庁組は、分が悪い。何もかも初体験なのだ。英語によるやり取りも、実際に模擬弾を発射することも、そして、細い通路での格闘術も……。

失敗するごとに、教官の怒鳴り声が響く。スポーツクラブのインストラクターとは違う。訓練は甘くはない。失敗は厳しく指摘される。

本番で失敗したら、自分の命はおろか、乗り合わせた乗客の命も危険にさらすのだ。

美奈子の番になった。何人かの、スカイマーシャル隊員がおり、どれが犯人かはわからない。

一人が、トイレに立った。なかなか出てこない。美奈子は、トイレの前に立ち、警戒していた。

その間に、別のスカイマーシャル隊員が、拳銃を片手に、操縦席のほうに向かった。

それを見て、美奈子は、慌ててそちらへ向かった。

「フリーズ」

美奈子は、叫んだ。「ドロップ・ユア・ウエポン」

犯人役は、振り向いた。銃を手にしている。

美奈子は、「武器を捨てろ」と、再び英語で、叫んだ。

「状況中止」

教官の声が響いた。

「その拳銃は、飾り物か？」

教官が、美奈子に向かって怒鳴った。

美奈子は、立ち尽くしていた。

「おまえの行動は、犯人に武装警備員であることを宣伝したようなものだ。おまえの不自然な行動が、犯人を犯行に駆り立てた」

「はい」

「一番、よくないのは、犯人を撃つチャンスがあったのに、撃たなかったことだ。本番なら、おまえはもう死んでいるぞ。おまえだけじゃない。乗客の何人かが巻き添えになっているだろう。まずは、乗客に向かって『ダウン』と指示するんだ。そして、チャンスがあったら、犯人を撃て」

まるで、アクション映画のようだと、美奈子は考えていた。だが、それが海外の常識なのだ。

教官の声が続いた。

「おまえは、まだ、日本のぬるま湯の常識に縛られている。顔を洗って出直して来い」

客室の細い通路での格闘術で、その日の訓練を締めくくることになっていた。失敗続きで、意気消沈していた警視庁からの参加者たちは、この格闘術訓練で、元気を取り戻していた。

彼らも、格闘術には自信があるのだ。だが、美奈子にとって、この訓練はきつかった。相手は、警備部の猛者《もさ》たちだ。普段から、格闘訓練を積んでいる上に、体格が違いすぎる。

まるで子供と大人だ。何をやってもかなわない。弄《もてあそ》ばれているようだった。屈辱のうちに、一日目の訓練が終わった。

打ちのめされてホテルに引きあげようとしている美奈子を、警備課長が待っていた。

「部長が、一席設けています。付き合ってください」

とても、飲みに行く気分ではなかった。だが、部長が待っていると言われたら断れない。

「ごいっしょします」

連れて行かれたのは、北新地にある小料理屋の個室だった。店に入るとすぐに、カウンターがあり、その奥が、障子で仕切られた個室になっている。

美奈子は、警備課長に尋ねた。

「他の訓練参加者は、来ないのですか？」

「彼らが部長と同席できるはずがないでしょう」

「はあ……」

美奈子は、役職にはついていない。係長補佐という肩書きがあるが、これは名目上のもので、役職とは言えない。

小堀小隊長のほうが、組織上は上の立場なのだ。だが、階級は美奈子のほうがはるかに上だ。階級と役職の二重構造によるねじれだ。キャリアとノンキャリアが、同じ職場に混在しているから、こういうことになる。

「あなたは、まだキャリアの自覚がないようですね」

「そうかもしれません」

座敷には、すでに二人の男がいて、ビールを飲んでいた。一人は、大阪府警の警備部長だ。朝、訓練に先立って挨拶をしたので、顔を覚えていた。もう一人は、見たことのない男だった。

「おお、来たか。待っていたぞ」

警備部長が言った。美奈子は、入り口に正座して手をついた。

「お招きいただき、光栄です」

警備部長は、すでにほのかに顔が赤かった。

「堅苦しい挨拶はいい。さあ、こちらに座って、一杯やりなさい」

飲めと言われれば、いくらでも飲む。ビールを注《つ》がれて一口飲んだ。厳しい訓練の後だったので、喉《のど》が渇いていた。すぐにコップが空になった。

警備部長がうれしそうに言った。

「いい飲みっぷりだ。さすがに、藤本が自慢するだけある」

藤本部長から、何を聞いているかわからない。だが、警察の飲み会での女性の立場はわきまえているつもりだ。

美奈子は、ビールの瓶を手に取り、上座《かみざ》にいる初対面の男に注いだ。

それから、部長、課長の順に注いで回った。

「ああ、紹介が遅れた」

警備部長が言った。「三村《みむら》府警本部長だ」

美奈子は、びっくりした。府警本部長が飲みに来ているとは思わなかった。

「初めまして、畠山と申します」

三村は、鷹揚《おうよう》にうなずいた。恰幅《かっぷく》のいい紳士だ。

「藤本のところで、がんばっているそうだね」

「はい。部長にはお世話になっております」

「アメリカ大統領が来日した際には、警備本部で、竜崎君といっしょに活躍したそうだね？」

キャリア警察官は、独自のネットワークを持っている。全国を渡り歩くので、どこで誰に会っていても不思議はない。

だが、ここで、竜崎の名前を聞くことが、意外な気がした。

「はい。竜崎署長と働けたことは、とてもいい経験になりました」

三村は、また大きくうなずいた。

「彼は、かつて、私の下で働いていたんだ」

「そうでしたか」

「それだけじゃない。今、竜崎君の娘さんと、私の息子が付き合っていてね……」

それも意外な話だと、美奈子は感じた。ちょっと聞くと、政略的な交際に思える。

竜崎は、そういうものとは無縁だという気がした。

美奈子は、そうした思いを表情に出すまいとした。ほほえんで言った。

「では、将来は、竜崎さんとご親戚《しんせき》になられるかもしれないのですね？」

「私は、そうしてもらいたいと思っている。竜崎君は、実に面白い男だ」

「はい。私は尊敬しています」

料理が運ばれてきて、酒が日本酒に変わった。美奈子は、三村と警備部長に酌をした。それが、役割であることは明らかだ。

美奈子がこの席に呼ばれたのは、キャリアだからではない。女性だからだ。割り切れないものを感じたが、ここは大人として振る舞うしかない。

三村は、あまり酒を飲まなかった。本部長は、いつ何時呼び出されるかわからない。その点、警備部長のほうが、幾分かは気が楽なのだろう。部長は、かまわず何度も盃《さかずき》を空けた。

深夜まで付き合わされたら、かなわないなと、美奈子は思った。明日も朝から訓練がある。

ありがたいことに、九時にはお開きになり、美奈子は解放された。本部の幹部の飲み会は、実にあっさりしている。腰をすえて飲むことができないのだ。不測の事態に備えて、二十四時間待機しているようなものだ。

現場の係員なら、交替要員もいるし、休みもある。だが、幹部に代わりはいないのだ。その激務とプレッシャーは、想像を超えている。

それを理解しているから、酒に付き合いもするし、酌もする。だが、正直言って、今夜は勘弁してほしかった。

ホテルに戻ると、無性に腹が立ってきた。酌をしたり、座を盛り上げる女性が必要なら、クラブにでも行けばいい。安っぽく利用されたことが、悔しかった。

私は、幹部の機嫌を取るために大阪にやってきたわけではない。訓練に来たのだ。美奈子は、誰かに、そう訴えたかった。

その訓練のことも、重荷だった。一日目で、すっかり自信を喪失していた。あと、残り六日。

臨機応変に、状況に対応しなければならない。その判断力が試される。射撃の腕も要求される。さらに、格闘訓練で、何らかの成果を出さねばならない。

自分がおそろしく非力に思えた。

本部長や部長と酒を飲んだということが、小堀に知られたら、何を言われるかわからない。

実力があれば、何を言われても、はねのけることができる。だが、今の美奈子は、警視庁警備部のお荷物に過ぎない。それが情けなかった。

ここから逃げ出したい気分だった。だが、そんなことが許されるはずもない。

気分はどんどん沈んでいく。何とか気持ちを切り替えたいが、そのきっかけがない。明日もまた、この重たい気分のまま訓練に参加しなければならない。

そのとき、ふと、竜崎のことが、頭をよぎった。三村が、竜崎のことを話題にしたせいだろう。

竜崎は、こんなとき、どんなアドバイスをしてくれるだろう。いや、アドバイスなどなくていい。ただ、話を聞いてもらうだけでいい。

美奈子は、はっとした。

私は、何を考えているのだろう。竜崎には、研修のときと、アメリカ大統領来日の際の、警備本部で世話になったに過ぎない。

特別に親しい間柄ではない。もし、相談するとしたら、その相手は、藤本部長のほうがふさわしいだろう。目をかけてくれているのは確かだし、この訓練に美奈子を送り込んだのは、藤本だ。

だが、どうしても、藤本に相談する気にはなれなかった。今、連絡をすれば、泣き言になるかもしれない。それは、藤本に対する負けだと感じていた。

竜崎が相手ならば、弱音を吐いてもいいのか。美奈子は、そう自問した。

誰が相手でも、訓練がつらくて泣き言を言うなんて、許されるはずがない。

それに、警備本部でいっしょに仕事をしたとき、竜崎は、美奈子と距離を置こうとしていたように感じた。キャリア同士の付き合いは、仕事の上だけに限るべきだ。

竜崎が、そう言っているのを聞いたことがある。

個人的に電話をしたりするのを、竜崎は嫌うかもしれない。そう思うと、ちょっと恐ろしかった。

美奈子は、携帯電話を手に取った。午後十時。これ以上遅くなると、連絡をしにくくなる。

携帯電話を、ベッドの上に放り出した。

私は、なんてばかなことを考えているんだろう。竜崎さんに、泣きつこうなんて……。

おそらく、竜崎は、そういう甘えを一番嫌うに違いない。

バスルームに向かおうとして、立ち止まった。

私は、竜崎さんを尊敬している。尊敬している先輩にアドバイスをもらうことは、間違ってはいないだろう。

美奈子は、自分自身にそう語りかけていた。言い訳かもしれないが、今はそれが必要だった。

結局、携帯電話を手にとって、竜崎にかけていた。もし、呼び出し音が五回鳴って出なかったら、切ってしまおう。

胸が高鳴っていた。

呼び出し音三回で、竜崎の声が聞こえてきた。

「畠山君か？　どうした？」

3

「こんな時間に申し訳ありません」

「緊急事態か？」

「いえ、そうではありません。実は、今、スカイマーシャルの訓練で、大阪に来ておりまして……」

「警視庁にもスカイマーシャルを置くということか？」

「将来的な構想だと思いますが……」

「それで……？」

どう説明していいかわからなくなった。

「個人的なことなのですが……」

「わからんな……。訓練の最中に、個人的なことで電話をしてきたというのか？」

畠山は、開き直って、本音をしゃべることにした。

「訓練には、警視庁と大阪府警のそれぞれの警備部から選ばれた六名ずつが参加しています。その中で、キャリア組は私だけです」

「キャリアだからといって、現場のことを知らない、では済まされない。訓練は、いい機会だと思うが……？」

「女性も私一人なのです。藤本部長の指示でやってきたのですが……」

小さな溜《た》め息が聞こえた。

こんなことで電話したことを、やはり腹立たしく思っているのだろうか。

「藤本部長か……」

竜崎が言った。「あの人は、ずいぶんと君を買っているらしいな」

「それは、私も自覚しています。でも、それが重荷に感じられることがあります」

「期待されるのは、悪いことじゃない」

「厳しい訓練で、女性が一人だけというのが、どういうことかおわかりになりますか？」

「わからない」

「体力的にも劣っているし、私は、ＳＡＴほど銃器に精通していません。射撃の腕も落ちるし、銃の知識もありません。格闘術でも、とても男性にはかなわないのです」

「そうだろうな」

「私は、警視庁から参加したみんなの足を引っぱっているんです。それが、情けなくて、悔しいのです」

「ほう……」

それまで自分を抑えていたタガが外れた気がした。

「訓練が終わったら、本部長や警備部長に呼び出されて、お酌をさせられる始末です」

「本部長？　三村さんか？」

「私は、芸者の真似事《まねごと》をするために、大阪に来たんじゃありません」

「それを芸者さんが聞いたら、怒るだろうな」

「言葉のアヤです」

「それで、君は、どうしたいんだ?」

「わかりません。とても、訓練をやり遂げる自信がなくなったのです。どうしていいかわからなくなって、電話をしてしまったんです」

甘えるな、と叱《しか》られるかもしれないと思った。

だが、竜崎は、拍子抜けするくらいにあっさりとした口調で言った。

「みんなの足を引っぱっていると言ったな? それが、私には理解できない」

「どうしてです? 私のせいで、みんなはいらいらしているはずです」

「訓練というのは、他人のためにやるものではない。自分自身のためにやるものだ。ましてや、スカイマーシャルは、団体行動を取るわけではない。たいていは単独で、非常事態に対処しなければならない。他の者が何を考えているかなど、気にする必要はない」

「それはそうですが、ある程度結果を出さなければならないと思います。ですが、他のメンバーと私の実力や体力が、あまりにも違い過ぎるのです」

「女性だから、仕方がないだろう」

「それが悔しいのです」

「悔しがる理由がわからない」

「それは、竜崎さんが、女性になったことがないからです」

「当たり前だろう」

「体力でも、技術でもかなわない。それが悔しいのです」

「不思議だな」

「何が不思議なんですか？」

「どうして、女性であることを利用しないのか、不思議なんだ」

美奈子は、一瞬言葉を失った。

「言ったでしょう？　府警本部長や警備部長とお酒を飲みに行ったたって……」

「それは、彼らが君を利用したに過ぎない。君が女性であることを利用したわけじゃない」

「私には、同じことのように思えますが……」

「腹を立てているようだから、はっきりと言っておく。私が女性だったら、それを最大限に利用するよ。それだけじゃない。キャリアの立場も利用するし、今なら、署長という立場も利用する。利用できるものは、何だって利用する。それが、人の特質というものだ」

「特質……？」

「特質というのは、その人に与えられたものだ。訓練で周囲は男ばかりだと言ったな。それならば、君が女であることが特質だ。体力や技術で劣っていると、君は言った。劣っているところばかり見ていると、訓練の本質を見誤るだろう」

「訓練の本質ですか？」

「そうだ。訓練の目的は、疑似体験を通して新たな能力を身につけることだ。そして、先ほども言ったが、訓練は、自分自身のためにやるものだ。だから、人それぞれに成果は異なる。一つだけ言えるのは、体力を使うより頭を使うほうが、ずっと大切だということだ。頭を使ってこそのキャリアであり、体力を補うために頭を働かせてこその女性なのではないのか？」

それを聞いたとたんに、憑《つ》き物が落ちたように気分が軽くなった。

「おっしゃるとおりだと思います」

「明日も訓練だろう。もう、寝たほうがいい」

「こんな時間に、つまらない用事で電話して申し訳ありませんでした」

「つまらない用事ではない」

「は……？」

「キャリアの後輩の悩み事は、決してつまらない用事などではないと言ってるんだ」

「ありがとうございます」

「三村さんにまた会ったら、よろしく伝えてくれ」

「娘さんと、本部長の息子さんがお付き合いされているそうですね」

「娘のことだ。私には関係ない。じゃあ……」

電話が切れた。

竜崎の言葉は、魔法のようだと、美奈子は思った。

女性に向かって、女であることを利用しろなどと、はっきり言える男がどれだけいるだろうか。しかも、竜崎は、比喩《ひゆ》でも皮肉でもなく、本気で言っているのだ。

女であることは、ハンディキャップではなく、特質なのだ。改めて認識できた。

最大限に女性の特質を利用してやろう。そのために、頭を使うのだ。そう思うと、明日の訓練が楽しみになってきた。

4

犯人役が、一人から二人に増え、訓練の内容は、より高度になった。小堀たちだけでなく、大阪府警からの参加者も、教官から怒鳴られている。

なんだ、みんなけっこう、ミスをやらかしているんだ。

美奈子は、そんなことを思って自分の順番を待っていた。きっと、昨日も、全員が同じくらいにミスをしていたのだろう。余裕がなかったから気づかなかったのだ。昨日は、自分のことで精一杯だった。

失敗を恐れる必要はない。本番で失敗をしないためにも、訓練で失敗をしておくのだ。そう思うと、ますます気分は楽になった。

美奈子の順番がやってきて、所定の位置についた。通路側の座席だ。訓練参加者とともに、何人かのスカイマーシャルが着席している。その中の誰かが犯人だ。

一人が席を立った。トイレに向かう。ダミーだ。昨日はそれにひっかかって失敗した。美奈子は、冷静に様子を見ることにした。

別のスカイマーシャルが立ち上がった。美奈子の後方の席だ。それが犯人の一人だ。

挙動不審なのでわかった。操縦席に近づけてはいけない。

美奈子は、さりげなく立ち上がり、その男が歩いてくる通路に出た。男が近づいてくる。

「あっ」

美奈子は、つまずいた振りをして声を上げた。近づいてきた男は、一瞬戸惑った様子で立ち止まった。

その隙《すき》を見逃さなかった。美奈子は銃を抜いて男に突きつける。案の定、男は拳《けん》銃《じゅう》を所持していた。抵抗する間を与えず、銃を奪い武装解除した。手錠を打つ。

犯人役は、もう一人いるはずだ。

背もたれに隠れるようにしながら移動しようとする男を視界の隅に捉《とら》えた。

「ダウン」

美奈子は、叫んだ。「ダウン、ダウン」

乗客役の訓練参加者たちが姿勢を低くする。席を立った男が、身を起こす。美奈子は、ためらわず銃を撃った。

ペイント弾が、その男に命中する。心理的に余裕があったので、外さずに済んだのだ。

「状況終了」

教官が言った。

美奈子は、全身から力が抜けるのを感じた。

教官が美奈子に近づいてきた。

「犯人の目の前でよろけるとはな……」

美奈子は、気をつけをしてこたえた。

「相手が女性だと、油断するはずだ、と思いました」

「本番では、うまくいくかどうかわからない。ハイジャック犯は、みな極度の緊張状態にある」

「その時に応じて、いろいろな手を考えます」

教官が初めて笑顔を見せた。

「休憩にする」

格闘訓練では、あえて逆らうのを止《や》めた。抵抗したところで、力ではかなわない。相手の隙をつくことに専念した。

痛がってみせると、相手はすぐに油断する。それを見逃さずに、関節技をかけたり、打撃を見舞ったりする。

格闘術でも、女であることを、最大限に利用した。そうすると、非力な女性でも、屈強な男に対処することができることがわかってきた。

それからは、訓練が楽になった。それ以上に、楽しくさえ感じられた。未知の体験を積み、新たな能力を身につけることには、充実感があった。

日を追うごとに、想定する状況は複雑になり、訓練は高度になっていく。美奈子は、頭を働かせることだけに集中していた。知恵を使うことで、体力の弱さをなんとか補うことができた。

訓練は、美奈子にとって、知的なゲームになっていた。もう、警視庁警備部のお荷物などということは考えない。そんなことを考えている暇はなかった。

後半の三日間は、あっという間に過ぎた。最終日の夕刻から、訓練の打ち上げがあった。梅田にある大衆居酒屋だ。初日に本部長や警備部長と飲んだ店とは雲泥《うんでい》の差があるが、美奈子は、こちらの店のほうがずっと居心地がよかった。

教官が乾杯の音頭《おんど》を取った。厳しかった教官も、今日は笑顔だ。

「みんな、よく厳しい訓練に耐えてくれました。この中から、何人かが選抜されて、実際にスカイマーシャルとして活躍することになるでしょう。そのときは、訓練の成果を遺憾なく発揮してください」

厳しい訓練を終えて、参加者たちは、皆ハイテンションだった。些細《ささい》なことでも、笑いが起きる。美奈子も、その中に加わっていた。

小堀がビールを注《つ》ぎに来た。美奈子は、素直にそれを受けた。

「ありがとうございます」

そして、ビールを注ぎ返した。小堀は、それを一気に飲み干した。

「最初に、あなたが参加されると聞いたとき、どうなるかと思いました」

小堀が言った。美奈子は、ほほえんだ。

「それは、私自身も同じでした」

「自分らSATは、日頃から厳しい訓練を続けているという自負がありました」

「私が、足を引っぱると思っていたわけですね」

「正直言うと、そうでした。参加者は、大阪府警から六名、警視庁からも六名。これは、競争だと思いました。自分らは、足並みを揃《そろ》える必要があったのです」

「たしかに、私は、体力も射撃の技術も、銃の知識も、あなたたちには及びません」

「自分らには、SATや機動隊員としての誇りがあります。しかし、今回の訓練ではたじたじでした。自分だけじゃありません。他のメンバーも、今回の訓練はきついと言っていました。それなのに、あなたは、やり遂げた。そして、かなりの成果を残された。自分らは、だんだん、こう感じるようになりました。自分らの足を引っぱるどころではない。自分らが、あなたの足を引っぱっているのではないか、と……」

「ある人に言われました。足を引っぱるとか、お荷物だとかは考える必要がない。訓練というのは、自分自身のためにやるものだ、と」

「なるほど……」

「そして、女性であることを利用しろとも言われました。それで、ふっきれたんです。実は、一日目で挫《ざ》折《せつ》しかかっていたんです」

「女性であることを利用、ですか……。驚いたな……」

「他の人に言われたのだったら、素直に聞けなかったかもしれません」

「その方を信頼なさっているのですね？」

「はい、信頼しています。そして、尊敬しています」

「差し支えなければ、どなたか教えていただけますか？」

「大森署の竜崎署長です」

「ああ……」

小堀は大きくうなずいた。「噂《うわさ》は聞いたことがあります。たいした人物だそうですね」

「ええ、立派な方です」

「そうですか。竜崎さんとお親しいのですか」

親しいと言えるかどうかわからない。個人的な話をしたことは、ほとんどない。だが、竜崎との間には、警察官として、そして、キャリアとしての強い絆《きずな》があると感じていた。

そこに、教官がやってきた。

「今回の訓練に、キャリアで、しかも女性が参加すると聞いて、何かの冗談かと思いました」

「ご迷惑をおかけしました」

「一日目で、私はあなたの訓練をあきらめかけました。あなたを訓練から外してくれるように、上司に進言しようかと思ったほどです」

「申し訳ありません」

教官は首を横に振った。

「ところが、あなたはみるみる変わっていった。その適応力には、舌を巻きましたよ」

小堀が教官に言った。

「尊敬する先輩から、適切なアドバイスを受けたそうです」

教官が言った。

「だからといって、すぐに対応できるものではありません。人を教えることは、自分の勉強にもなります。訓練は毎回、教わる側と教える側両方の勉強だと思っておりました。しかし、今回ほど勉強になったことはありませんでした。あなたがいたからです」

「恐縮です」

「私は、キャリアを少し、見直しましたよ」

そう言って、教官は笑った。


翌朝、新幹線で帰路についた。訓練参加者たちは、すっかり打ち解けていた。彼らは、もともと全員が顔見知りだったが、厳しい訓練を共にやり遂げたという、独特の共感が、互いの間に生まれていた。

美奈子を興味本位で眺めたり、ことさらに無視することもなくなった。

男たちは、美奈子を仲間として受け容《い》れてくれたようだ。

東京駅に着いた。彼らはそれぞれの機動隊の隊舎に、美奈子は警視庁本部に向かうことになっていた。

美奈子は、彼らに言った。

「それでは、ここで失礼します」

五人は立ち止まった。そして、一列に並んだ。

何事だろう。美奈子は目を瞬《しばたた》いた。

五人の男たちは、一斉に挙手の敬礼をした。

美奈子は、驚き、そして、胸が熱くなった。

ここで泣いたら、女がすたる。

美奈子は、ぐっとこらえて、挙手の礼を返した。

人事

1

二月末、警視庁幹部の人事異動があった。第二方面本部に新たな本部長がやってきた。

方面本部長の異動にともない、自分も異動になるのではないかと、野間崎政嗣《のまざきまさつぐ》管理官はちょっと気になっていた。

長年、警察官をやっていると異動にも慣れてくる。特に、管理職になると長いこと一所《ひとところ》に落ち着いてはいられなくなる。

慣れているとはいえ、職場が変わるのはなかなかの大事だ。警視庁は東京都の警察なので、都の外に出ることはほとんどないが、警察署や方面本部があるのは都心とは限らない。

伊豆大島、新島《にいじま》、三宅島、八丈島、小笠原といった島嶼《とうしょ》にも警視庁の警察署がある。

引っ越しなどがないにしても、新たな職場と任務に慣れるまではそれなりの時間が必要だ。

異動には、有形無形のプレッシャーがつきまとうのだ。

幸い今回、野間崎は異動を免れた。方面本部長が入れ替わるので、その地域やそれぞれの警察署の事情に詳しい管理職を残したということなのだろう。

地元に通じている管理職が当面、新方面本部長をサポートしていくのだ。

職員は、全員起立で新方面本部長を迎えた。彼の名前は、弓削《ゆげ》篤郎《あつろう》。五十六歳の警視正だ。第一方面本部長は、キャリアの警視長が選任される習わしになっている。

その他は、たいていノンキャリアの警視正だ。現在例外は、第四と第八方面本部で、これらの長も警視長が務めている。

弓削方面本部長もノンキャリアだ。いかにも警察官らしい物腰が物語るように、現役時代は主に、刑事・公安畑を歩んできたという。

警務・総務畑というノンキャリアの出世街道からは外れている。警視正まで登り詰めるには珍しい経歴と言える。

逆に、野間崎はまさにその出世街道を歩んできた。現場は、若い頃の地域課くらいしか経験がない。それ以来、ずっと警務・総務といった管理部門で働いてきた。

まったくタイプが違う上司がやってきたわけだ。それが、今後の仕事にどう影響するか、まだわからない。

異動する側もたいへんだろうが、受け容《い》れる側もしばらくは何かと落ち着かない。トップの方針によって、仕事のやり方も変わってくる。

職員は、慣れるまで手探り状態が続くことになる。そこで苦労するのが、野間崎のような管理官だ。

警視庁本部の管理官は、いくつかの係を統括するのが役割だが、方面本部の管理官は警察署を統括する。実際に現場と連絡を取るのは、管理官なのだ。

幹部たちによる歓迎会などのセレモニーが終わると、いよいよ実際に新方面本部長が動き出す。

弓削方面本部長は、さかんに「レクチャー」と称して管理職を呼び、個別に話を聞いているようだ。

もしかしたら、派閥などの有無やその実態について調べているのかもしれないと、野間崎は思った。自分ならそうするからだ。

警察組織の中で、誰が味方で誰が敵かを見極めておくことは重要だ。それを怠《おこた》ると、思わぬところで足をすくわれる。

野間崎は出世が早いほうだった。ノンキャリアで警視までたどり着くのはなかなかたいへんだ。

若い頃からの不断の努力が必要だ。法律や服務規程といった座学も重要だが、もっと大切なのは、周囲に足を引っぱられないことだ。

警察官は、一般の人が驚くほど研修が多い。しかもそれが、たいてい長期にわたる。そうした研修の過程で、多くの警察官と知り合うことになる。

同じ釜《かま》の飯を食った仲間とも言えるが、それぞれがライバルでもあるのだ。

野間崎は、それらの仲間とそつなく付き合ってきた。付かず離れずの関係が、警察組織では重要だと、野間崎は考えていた。

弓削がどういう考え方をする上司かまだわからない。だが、ノンキャリアで警視正まで登り詰めたのだから、常に警戒を怠らない人物と考えるべきだろう。

「レクチャー」に呼ばれた他の管理職が、どんなことを訊《き》かれたのか興味があった。だが、野間崎はそれを誰かに尋ねるようなことはしなかった。

他人にそんなことを気にしていると思われたくはなかった。野間崎は、うるさ型で売っていた。

部下にも上司にも、そして自分にも厳しい。そういう自分を、長い間かかって作り上げたのだ。

演技と言われれば、そうかもしれない。だが、誰だって多かれ少なかれ演技をしながら生きているのだ。

演技というより、仕事上の演出と言うべきだろうと、野間崎は思っている。

では、本当は自分はどんな人間なのだろうと、時折思うことがある。だが、すでに作り上げた「野間崎管理官」像が定着してしまっていて、それが本当の自分だと思っても差し障《さわ》りはないような気がしていた。

弓削方面本部長が、「レクチャー」に呼ぶ部下の順番を、どうやって決めているのか、野間崎には謎《なぞ》だった。役職にも階級にも規則性は見て取れなかった。

野間崎は、比較的早く呼ばれた。おそらく、三番目か四番目だ。ある日の午後、野間崎は秘書官役の総務課員から声をかけられた。

「今、お時間ありますか？」

「時間というのは、どのくらいのことだ？　正確に言ってもらわないとこたえようがない」

ここで一言クレームをつけるのが、野間崎の演出だ。こうすることで、次からは、曖昧《あいまい》な質問はしてこなくなるだろう。

それを繰り返すことで、組織全体で時間の無駄が減っていく。

「一時間か二時間ほど……」

「一時間なのか、二時間なのか、どちらだ？」

「それは、管理官次第かと思いますが……」

「俺は、時間があるかと君に質問されたんだ。それなのに、俺次第というのは、どういうことだ？」

「新方面本部長が言う『レクチャー』ですよ」

なるほど。それでは、秘書官役に時間が読めるはずがない。

「一時間ほどなら時間が取れる」

「では、すぐに本部長室にどうぞ」

野間崎は、緊張していた。

「レクチャー」は、方面本部長室内で、二人だけで行われる。まるで口頭試問を受けるような気分だ。実際に、そういう意味合いがあるのかもしれない。

管理職の実力を、面接することで測っているのではないだろうか。

あるいは、一人一人呼びつけることで、どの部下があてにできるかを見極めるのかもしれない。そう思うと、「レクチャー」は実に重要な儀式に思えた。

「失礼します」

方面本部長室を訪ねると、弓削は机の向こうに座ったまま、野間崎を迎えた。制服姿だ。方面本部長は、警察署長と同じで、たいてい制服を着ている。

表情はにこやかだが、眼が笑っていない。刑事の眼だと、野間崎は思った。

「野間崎君だね？」

「はい」

「五十一歳の警視か。私より五歳若いんだな」

「はい」

「まあ、座ってくれ。立ったままでは話がしにくい」

弓削方面本部長は、応接セットのソファを顎《あご》で示した。野間崎は、躊躇《ちゅうちょ》した。ここで、すぐにソファに腰を下ろすか、それとも一度断るか、テストされているような気がしてきた。

座ろうとしない野間崎に気づき、弓削がもう一度言った。

「座ってくれ。そんなに緊張することはない。私は、第二方面本部については、まだ何も知らないも同然だ。君たちはよく知っている。だから、いろいろとレクチャーをしてもらおうと思っているだけだ」

この言葉を額面通り受け取るようなおめでたい警察幹部はいないだろう。野間崎は、そんなことを考えていた。

　ともあれ、腰を下ろしたほうがよさそうだ。

「失礼します」

　野間崎は、ソファに浅く腰を下ろした。弓削は、机に向かったままだった。

「君は、実にびしっとしているねえ。背広の着こなしも、まるで制服のようだ」

「はあ……」

「警察官にとって、身だしなみは大切だ。それが、一人一人の気を引き締めることになり、ひいては綱紀粛正につながる」

「おっしゃるとおりだと思います」

「これは、みんなに訊いていることだが、第二方面本部の特徴は、何だね？」

　野間崎は、基本的なことをこたえた。

　首都高速湾岸線や第一京浜、第二京浜、環七といった都内の大動脈が通る交通の要地であること。

　大井競馬場と平和島競艇場があること。

　神奈川県と隣り合っていること。

　羽田空港を管轄《かんかつ》区域内に持っていること。

特に、羽田空港については、警備上の重要ポイントであることを述べた。

弓削は、満足げにうなずきながら、メモを取っていた。

「第二方面には、九つの警察署があるんだね？」

「はい」

「君から見て、特に問題だと思う警察署はどこだね？」

そう尋ねられて、野間崎は、咄嗟《とっさ》にこたえてしまった。

「大森署ですね」

弓削は、意外そうに顔を上げた。その反応を見て、野間崎はしまったと思った。

おそらく他の管理職たちは、同じ質問をされて、「特にありません」とでもこたえたのだろう。

野間崎が、具体的に警察署名を挙げたので、弓削は驚いたのだろう。余計なことを言ってしまったかもしれないと思った。

「どういう点が問題なんだね？」

野間崎は、どうこたえようか考えていた。今さら、発言を取り消すわけにもいかない。また、適当な返答でごまかそうとしても、弓削は許してはくれないだろう。

野間崎は言った。

「署長が、少々変わった経歴の持ち主でして……」

「変わった経歴……？　どんな？」

「竜崎《りゅうざき》伸也《しんや》というのですが、ご存じありませんか？」

「異動してくるに当たって、いちおう担当する各警察署の幹部の名前くらいは頭に入れてきたが……」

「噂《うわさ》をお聞きになったことは……？」

「竜崎か？　いや」

変人竜崎の噂も、警察全体に広まっているわけではないのだ。野間崎は、あらためてそんなことを思っていた。

考えてみれば、警視庁には百二の警察署があり、警視庁本部にも大勢の警察官がいる。警察庁の警察官僚を加えれば、その数はさらに膨大なものになる。

その巨大組織の中では、さすがの竜崎署長も霞《かす》んでしまうのだろう。普段、接する機会が多いので、意識してしまうが、警察全体から考えれば、彼は取るに足らない存在なのかもしれない。

そう思うと、野間崎は少しばかり気分がよくなった。別に竜崎を憎んでいるわけではない。

だが、警察組織のしきたりや約束事を平気で無視するようなところが気に入らなかった。さらに、常に自分が正しいと信じているところが腹立たしい。

野間崎は説明した。

「竜崎署長は、常識的なルールを時折無視するようなことがあります」

「具体的には……？」

「方面本部の言うことを聞かなかったり、刑事部長に逆らったり……」

弓削は、ぽかんと口を開けて、野間崎を見つめた。

「今、何と言った？　刑事部長に逆らう？　そんなことをしたら、いっぺんに首が飛んでもおかしくない」

「竜崎署長は、特別なのです」

「方面本部の言うことを聞かないというのは、どういうことだ？」

「私の指示に従わなかったことが、何度かあります」

野間崎は、何だか嫌な気分になってきた。自分が、先生に告げ口をしている小学生のように思えてきた。

「それは、君が言うように、おおいに問題だが……。その竜崎署長が特別だというのは、なぜだ？」

「署長は、かつて、警察庁長官官房で総務課長をしていたのです」

「長官官房の総務課長……？　我々とは世界が違うじゃないか……」

「そういうことです」

「キャリアの中でもエリートだったということだな？」

「そうだと思います。階級は、警視長です」

弓削は目を丸くした。

「私より上じゃないか」

「伊丹《いたみ》刑事部長と同期なのだそうです。それだけではなく、部長とは幼馴染《おさななじ》みだということです」

「それで、刑事部長にも逆らえるというわけか……。だが、それは公私混同だな」

「自分もそう思います」

野間崎は、そう言ってしまってから、本当にそうだろうかと、自問した。

たしかに、竜崎署長は、伊丹刑事部長との個人的な関係を利用することがある。だが、それは、実は伊丹刑事部長も同じなのだ。どちらかというと、伊丹部長のほうが、竜崎署長との個人的な関係を強調する節がある。

さらに言えば、竜崎署長は自分自身のために伊丹部長との関係を利用するわけではない。問題を解決するために利用するに過ぎないのだ。

もともと、竜崎署長というのは、合理的な問題解決のためなら、どんなものでも利用する人だ。その点は、首尾一貫している。

いや、待て待て……。

野間崎は、そこまで考えて、はっとした。

俺が、竜崎署長を弁護する必要などないじゃないか……。

弓削が尋ねた。

「どうして、そんなエリートが、所轄の署長をやっているんだ？」

「何でも、家族に不祥事があったそうで……」

「それで、降格人事を食らったということか？」

「そういうことのようです」

「しかし、普通なら警察を辞めるだろう。再就職先はいくらでもある。降格人事を受けて警察にとどまるやつなんて見たことがない」

「自分も初めてでした」

「どうして、警察を辞めなかったんだろうな？」

「別に降格人事を食らったことを恥だとは思わなかったようです」

「だが、やりにくいだろう。本人もそうだが、周りもやりにくい」

「本人は、そういうことにはこだわらないようです。警察官であることが重要なのだと考えているようです」

「私も警察官であることには、誇りを持ってはいるが……」

「竜崎署長は、掛け値なしにそう考えているようです」

「意固地なのか？　ならば、周囲との軋轢《あつれき》もあり、それが日常業務に支障を来《きた》すことも考えられるが……」

「いえ、それが……」

「何だ？」

「竜崎署長は、時には現場に近い前線本部に赴き、時には、警備本部の責任者となり、これまでに幾多の重要事案を解決に導いているのです」

「変人なんだろう？」

「はい。変人です。しかし、ただの変人ではありません」

なぜだろう。

野間崎は、不思議に思っていた。

常に、竜崎署長のことは、いまいましく思っていた。だが、こうして弓削に説明しようとすると、自分が、何だか彼を褒めているような気がしてきた。

別に褒めたいわけではない。だが、ちゃんと説明しようとすると、なぜかこういうことになってしまう。妙な話だ。

弓削は、しばらく何事か考えている様子だった。やがて彼は言った。

「会ってみたい」

「は……？」

「ぜひ、その竜崎署長と会って話がしてみたい」

「それならば、署長会議を招集されればよろしいかと……。それは、方面本部長の権限ですから」

「会議では、いずれ顔を合わせることになるだろう。だが、その前に会っておきたい。呼んでくれ」

方面本部長に警察署長を呼べと言われたら、特別な理由がない限り断れない。各所轄と直接連絡を取るのが、管理官の役割だ。

「わかりました。すみやかに手配します」

2

野間崎は、席に戻ると、すぐに大森署に電話をした。

電話はすぐに署長につながった。

「竜崎です」

「すぐに方面本部に来ていただきたい。新方面本部長が、面談したいと希望されています」

「無理です」

野間崎は、耳を疑った。

これまで、竜崎署長は何度も野間崎の要求を突っぱねてきた。だが、それは我ながら多少理不尽な要求だったからだ。

今回は違う。方面本部長の要求なのだ。それを、言下に断るというのが信じられなかった。

「署長。立場をわきまえていただきたい。方面本部長が会いたいとおっしゃっているのです」

「あなたは、すぐにと言われた。それが無理だと言っているのです」

野間崎は、腹が立った。

「方面本部が、すぐに、と言えば、所轄《しょかつ》はそれに従う。それが警察の秩序というものです。あなたは、それがおわかりになっていない」

「管内で、強盗傷害事件が発生しました。被害者は、四十五歳会社員。人気《ひとけ》のない路地で、複数の犯人に襲撃され、鞄《かばん》を奪われました。被害者は、金属バットと思われるもので殴られ病院に搬送されました」

「え……」

野間崎は、うろたえた。「ちょっと待ってください」

電話を保留にして、係の者に確認した。たしかに、通報があり、無線が流れた直後だということだ。

野間崎は、保留を解除して言った。

「今は、その対応に追われているということですね？」

「当然です。緊配《きんぱい》の指令が出ています。こういう類《たぐい》の事案は、即座に被疑者を確保しないと長引きますからね」

「わかりました。追って連絡します」

野間崎は、電話を切り、所定の措置を執りはじめる。

竜崎が言ったとおり、緊急配備の指令が出されていた。大森署だけの発生署配備ではない。近隣の署にも対応を求める指定署配備だった。

緊急配備となれば、署員の多くが今手がけている仕事を棚上げにして所定の位置につかなければならない。非番の者も駆り出される。

たしかに、方面本部長と面談している場合ではないだろう。

事案の成り行きによっては、方面本部の判断で捜査本部を設けることもありうる。いち早く方面本部長に報告に行く必要がある。

野間崎は、素速く情報を集めて、方面本部長室に急いだ。出入り口の前には、決裁待ちの列ができている。野間崎が部屋を去ってからできた列だ。

その順番を飛び越えて弓削に報告した。

「失礼します。大森署管内で、強盗傷害事案が発生しました。通信指令センターは、指定署配備を発令しました」

「入って詳しく教えてくれ」

野間崎は、これまでにわかった事柄を説明した。

「わかった」

弓削はうなずいた。「ところで、竜崎署長はどうした？」

野間崎は、またしても耳を疑わなければならなかった。

「ですから、その大森署管内で強盗傷害事案が……」

「それはわかっている。だが、署長が捜査するわけじゃないだろう？」

「竜崎署長は、常に陣頭指揮を執られます」

俺は、またしても、竜崎を弁護している……。

「そうか。それでは待つしかないな……。いや……」

弓削は、思いついたように言った。「大森署に行ってみようか……」

野間崎は驚いた。

「本部長がですか？」

「君もいっしょに来てくれ」

「いや、しかし……」

「場合によっては、そのまま捜査本部の立ち上げということになるかもしれない。そうだろう？」

「それは、まあ、そうですが……」

「すぐに出かける。車を用意するように言ってくれ」

どうやら、弓削は言い出したら聞かないタイプのようだ。言うことを聞くしかない。

二人は、公用車ですぐに大森署に向かった。

緊配の最中だが、署内はむしろ静かだった。署員の多くが配備中だからだろう。

一階に入ったとたんに、その場にいた署員が全員起立した。野間崎の顔を知っているせいだ。彼らは、まだ弓削の顔を知らないはずだ。

だが、二人の位置関係で弓削の立場がわかるはずだった。野間崎は決して弓削の前には立たなかった。斜め後ろから弓削に言う。

「真っ直《す》ぐ行った突き当たりが署長室です」

署長室の前に、副署長席がある。貝沼《かいぬま》が立ち尽くし、驚いた顔で野間崎を見つめている。

野間崎は貝沼に言った。

「弓削第二方面本部長だ」

貝沼は、さらに驚いた顔になって、規定通りの礼をした。それから、野間崎に言った。

「抜き打ちの視察ですか？」

「そうじゃない。強盗傷害について、署長と話し合う必要があるということだ」

「署長は、席を外しておりますが……」

野間崎は、思わず顔をしかめた。

「緊配の最中に、どこに行っているんだ？」

「犯行現場に一番近い交番です」

「何のために……」

「そこに行けば、状況が一番よくわかると言われて……」

「ばかな……」

弓削が言った。「署長は、署長室にでんと構えているものだ」

貝沼が言った。

「申し訳ございません」

いつもながら、警察官というより銀行員かホテルマンのように見える、と野間崎は思った。

「現場に行けば、たしかに犯行当時の状況はよくわかるだろう。しかし、捜査幹部というのは、全体を俯瞰《ふかん》的に観《み》なければならない。幹部が現場に駆けつけるというのは、明らかに間違いだ」

貝沼は頭を下げている。

「は……」

ただ叱責《しっせき》を受けるだけだ。だが、弓削の言っていることに納得している様子ではない。弓削よりも竜崎署長のほうが正しいと信じているに違いない。

なぜだろう、と野間崎は思った。

今、弓削が言ったことは間違いではない。警察幹部なら誰でも考えることだ。貝沼副署長は、竜崎がやってくる前から、大森署を仕切っていたはずだ。

竜崎の着任当初は、世間知らずの殿を諌《いさ》める老中といった役割になるだろうと、野間崎は思っていた。貝沼は、それくらいに老獪な男のはずだった。

それが、今ではすっかり竜崎の言いなりになっているようだ。

弓削の話がさらに続いた。

「幹部のもとには、いろいろと連絡が入ってくる。そのたびに、すみやかに判断を下さなければならない。署長が外でうろうろしていては意志決定が遅れる」

貝沼は何も言い返さない。

さすがだと、野間崎は思った。彼は、上司の前では自我を消すことができる男だ。

だが、決して妥協はしない。ただ黙っているだけなのだ。

野間崎は、貝沼に発言させるべきだと考えて質問した。

「今、方面本部長が言われたことについて、署長はどういう対応をするつもりなんだ？」

貝沼が、恐れながら、という態度でこたえた。

「交番では車載通信系と署活系の両方の無線を聞けます。配備の状況はそれで把握できると申しておられました。さらに、今は携帯電話でいくらでも連絡が取れるので、部屋でじっとしている必要はない、と……」

たしかに、そのとおりなのだが……。

「署長が交番に顔を出したら、係員は驚くだろう。対応に気づかうあまり、かえって捜査がおろそかになるんじゃないのか？」

「署長は、常々、そういう無駄な気づかいは不要だと、署員に話しております」

「無駄な気づかいではない」

弓削が言った。「序列というのは大切なものだ」

「は、おっしゃるとおりですが、署長は周囲がどんな態度であろうが、必要なことを遂行するでしょう」

弓削が押し黙った。彼も、何か妙なものを感じているに違いない。大森署では、竜崎のやり方がすでに染《し》み渡っているのだ。

野間崎が言った。

「緊配では、地域課と刑事課の連携が重要だろう。交番にいては、刑事課との連絡がおろそかになるのではないか？」

「刑事課長が同行しております」

「何だって？　刑事課長を交番に連れて行ったというのか？」

「地域課長も出向いております」

「それじゃあまるで……」

「そうです。署長は、その交番と乗って行った公用車を前線本部として運用するつもりです」

野間崎は言った。

「しかし、署長はいつも、幹部が現場に行く必要はないと言っていたじゃないか。先ほど、方面本部長が言われたとおり、物事を俯瞰的に見て判断を下すことが、幹部の役割だ、と……」

「今回の事案は、早期解決したい、と申しました」

「交番に行くことが、早期解決につながるのか？」

「署長は、臨機応変に、的確な判断を下せる場所に移動されます。それだけのことです」

野間崎は、うなった。今や、貝沼は竜崎の代弁者と言ってもいい。だからこそ、署を貝沼に任せて、竜崎は現場近くに前線本部を作ることができるのだろう。

このまま、方面本部長に立ち話をさせるわけにはいかない。だが、出直そうと言うのもためらわれる。

野間崎は、困り果てて、弓削に尋ねた。

「どうしましょう……」

弓削もどうしていいかわからない様子だ。しばらく考え込んだ後に、彼は言った。

「署長室で待たせてもらう。早期解決するんだろう？　ならば、戻って来るまでに時間はかかるまい」

野間崎は言った。

「しかし、どのくらいで戻るか見当もつきません。あまり長時間方面本部を空けられるのも、いろいろと不都合があるのではないでしょうか？」

「せっかく出向いて来たんだ。竜崎署長の顔を見るまで帰らんぞ」

やはり、一度決めたら引かないタイプだ。

弓削は、ずかずかと署長室に入り、どっかと応接セットのソファに腰を下ろした。

貝沼副署長は、近くに居た係員に「お茶の用意を」と命じた。野間崎は一度、弓削といっしょに署長室に入ったが、すぐに「失礼します」と言って、外に出た。

貝沼にそっと尋ねた。

「何とか署長を呼び戻せないか？」

「呼び戻して、どうするおつもりです？」

「どうするって、方面本部長が会いにいらしているんだ。それだけでも戻る理由になるだろう」

覚「まあ、普通の署長なら、そうでしょうね」

「普通も何もない。すぐに戻るように言ってくれ。ちょっと前線本部から離れるくらい、どうということはないだろう」

自「その前線本部を離れているわずかな時間に、重要なことが起きないとも限らないではないですか」

貝沼は、もっと扱いやすい人物だったはずだ。これも、竜崎署長の影響だ。

「方面本部長に一目会うだけでいいんだ。何か口実をつけて呼び戻してくれ」

「困りましたね。署長がどういう人か、管理官もご存じでしょう。戻って来て、呼び戻された理由が、ただ方面本部長に会うだけだと知ったら、どういうことになるか……」

まるで、方面本部長や管理官よりも、竜崎署長を恐れているような口ぶりだ。いや、実際にそうなのかもしれない。

野間崎は、いったん副署長席を離れて、署長室に戻った。弓削の様子を見るためだった。

運ばれてきた茶は、すでに空になっていた。そうとうに苛立《いらだ》っている。腕組みをして、じっと宙を睨《にら》んでいた。

それでも、弓削が野間崎に文句を言うことはなかった。ここへ来たのは、自分が言い出したことだという自覚があるのだろう。

本人が何も言わないからといって、放っておいていいということにはならない。このままおとなしくしているとは限らない。

いつ爆発するかわからないのだ。気心の知れた上司ならば、扱い方もわかる。だが、弓削がどういう人間かまだよくわかっていない。

このまま、弓削があきらめて、方面本部に戻ろう、と言ってくれるのが一番なのだ。しかし、それを野間崎から求めることはできない。

野間崎は、用心深く探りを入れることにした。

「本部長。方面本部のお席をこんなに空けて、だいじょうぶでしょうか？」

「君が気にすることではない」

「はい」

弓削は、それからふと気づいたように野間崎を見て言った。「ああ、すまん。ついきつい言い方になった」

「お気持ちはわかります」

「それにしても、竜崎署長というのは、君が言うとおり、かなり問題がありそうだな」

「はあ……」

否定も肯定もしたくなかった。

たしかに、警察官の常識に照らすと、竜崎の行動は問題だらけに見える。だが、もう少し深く考えてみると、彼は決して間違ったことをやっているわけではないことがわかってくる。

野間崎は、すでにそのことに気づいている。しかし、それを認めたくないのだ。

すべての警察官が自分の思い通りに行動しはじめたら、組織としての秩序が崩壊する。そういう意味では、竜崎は間違いなく危険分子なのだ。

弓削が言った。

「君は、警察署を監督する立場なのだから、こういう場合の対処法も考えてあるんだろうね？」

竜崎についての対処法などない。だが、そう言ってしまっては、無能とか怠慢とかのレッテルを貼《は》られてしまいそうだ。

「臨機応変に対処することにしています」

「臨機応変か……。たしか、竜崎署長もそうするのだと、副署長が言っていたな」

これは皮肉に聞こえる。

つまり、暗に早く竜崎を連れて来いと言っているのだ。野間崎は、そう解釈した。

こうなれば、力ずくでも引っぱってくるしかないか……。

もともと、方面本部管理官と所轄の署長のどちらが偉いかというと、ほぼ同等なのだ。どちらも階級は警視か警視正だ。

その力関係は、ケース・バイ・ケースだ。昔は、「若殿修行」といって、キャリアで警視になった者が署長に任命されたこともあった。その時代には、署長は単なるお飾りで、実権を握っていたのは海千山千の副署長だった。

そういう場合、署長はほぼ方面本部の言いなりだ。管理官の立場のほうがやや勝ることになる。

だが、「若殿修行」のような無意味な人事措置は、次第に廃止され、今は実質的に力を持った者が署長に任命されるようになってきた。

そうなると、時折、署長のほうが管理官よりも優位に立つ場合がある。竜崎署長がその最たるものだ。

かつて、竜崎が署長に着任したばかりのとき、最初が肝腎《かんじん》と、野間崎は竜崎のもとに怒鳴り込んだことがある。後に立てこもり事件に発展する強盗事件の犯人が、大森署の鼻先をかすめるようにして逃走したときだ。あのときも緊配が敷かれていた。

竜崎は、怒鳴り込んで行った野間崎を、軽くあしらった。判押しを続けながら応対したのだ。

あれには、野間崎もすっかり驚いてしまった。最初に、がつんと一撃を食らわして、力関係をはっきりさせようという演出だったのだが、竜崎署長はまったく動じなかった。

たしかに、あの瞬間に力関係が決まってしまった。竜崎が優位に立ってしまったのだ。それ以来、なんとか立場の逆転を試みるのだが、いまだに成功したことはない。

力ずくで引っぱってくるのが無理だったら、頭を下げるしかない。

そうまでして竜崎を方面本部長に会わせる意味があるのだろうか。いや、それは考えてはいけないことだ。上司の命令は絶対だ。野間崎は、これまでそう考えて警察組織の中で生きてきたのだ。

弓削は、どんどん不機嫌になっていくように見える。

いったい、どうしたらいいんだ。

野間崎は、方面本部長と竜崎の板挟みだった。

3

これ以上、方面本部長を待たせるわけにはいかない。

野間崎は、ついに覚悟を決めた。

署長室を出て、貝沼副署長に言った。

「竜崎署長に連絡を取ってくれないか」

貝沼は、何か言いかけたが、その言葉を呑《の》み込んだ。

「わかりました。署長の携帯電話に連絡してみます」

「頼む」

貝沼副署長は、机上の固定電話を使った。野間崎は、机の脇《わき》に立ってその様子を見ていた。やがて、貝沼が言った。

「署長が出ております。そちらの電話をお使いください」

貝沼に言われた席の受話器を取った。

「野間崎です」

「何事でしょう？」

「今、大森署に来ています」

「何のために？」

「新しい第二方面本部長があなたに会いたがっていると言ったでしょう」

「方面本部長も署にいるのですか？」

「はい。今、署長室であなたの帰りをお待ちです。こちらに一度お戻りになるわけにはいきませんか？」

「問題ありません。すぐに戻ります」

「え……」

野間崎は、肩すかしを食らったような気分だった。「すぐにこちらにいらっしゃる

「ということですか？」

「それ以外のどういう意味があるのです」

「わかりました。お待ちしております」

電話が切れた。

受話器を置くと、野間崎はしばし呆然《ぼうぜん》と貝沼の顔を見ていた。まるで、狐《きつね》につままれたような気分だった。

貝沼が怪訝《けげん》な顔で言った。

「どうなさいました？」

「署長がすぐに戻ってくると……」

貝沼は、かすかにほほえんだ。

「それはよろしゅうございました」

言葉遣いも、警察官というよりホテルマンのようだ。

「だが、署長は、どうしてすぐに戻る、なんて言ったのだろう」

「管理官が電話をしたからではないですか？」

「方面本部に来てくれと言ったときは、即座に無理だと言われたんだ」

「署長に直接お訊《き》きになってはいかがですか？」

「そうしよう」

「方面本部長が気を揉《も》んでおいででしょう。早くお知らせになられたほうが……」

「そうだな」

野間崎は、署長室に戻り、弓削に告げた。

「ただ今、竜崎署長と連絡が取れまして、すぐにこちらに向かうと言っておりました」

弓削は、満足そうにうなずいた。

「そうか」

それから、十五分ほどで竜崎が戻ってきた。方面本部長は、ソファから立ち上がった。そうなると当然、野間崎も立たなければならない。

何だか、二人が格上の幹部を迎えるかのような形になってしまった。

竜崎は、真っ直《す》ぐに署長席に向かい、立ったまま弓削を見て言った。

「方面本部長ですね？　わざわざご足労いただき恐縮です」

「それで、事件のほうは？」

「まだ、被疑者確保に至ってはおりません」

「被害者は病院に搬送されたんだな？」

「頭部を金属バットと思われるもので殴打《おうだ》されていますが、命に別状はありません」

「それは、不幸中の幸いというやつだな。必要があれば、捜査本部の設置も考えるが……」

「その必要はありません」

竜崎がきっぱりと言った。

「被疑者はまだ逃走中なのだろう？　集中的に捜査を行うためには、捜査本部が最も有効だ」

「まあ、おかけになりませんか？」

竜崎に言われて、弓削は再びソファに腰を下ろした。野間崎も座った。

竜崎が最後に着席する。

「たしかに捜査本部以上に、短期に集中して捜査する方策はありません。しかし、今回の事案は、所轄《しょかつ》で充分に対処できます」

「署の実績を稼ぎたいから、そんなことを言っているのではないか？　あるいは、捜査本部ができると、署に大きな負担がかかるから……」

「署長ですから、実績はほしいです。それが署のためになりますから。また、捜査本部ができると、所轄署に大きな負担がかかるのはたしかです。ですから、できればそういう事態は避けたいというのも本音です」

「君は、正直なんだな」

「質問されれば、思ったままこたえます」

「所轄で対処できると言ったが、間違いないか？」

「はい。犯行に計画性がそれほど見られません。計画性といえば、金属バットと逃走用の車両を用意していたことくらいですね。目撃情報も複数ありますし、逃走した車両のナンバーが防犯カメラで確認されています。ナンバーが判明しているので、Nシステムが使えました」

「なるほど……」

「これだけの条件がそろっていれば、緊配《きんぱい》が解除される前に、被疑者を確保できると思います」

「犯人は複数なのだろう？」

「そうです。目撃情報によると、三人組だったそうです。その他に車の運転を担当していた者がいると考えると、四人ということになります」

「別々に逃走している恐れもある」

「一人でも確保できれば、仲間のことを吐かせますよ」

弓削は、腕を組んでうなった。

「なるほど、合理的だな……」

「失礼ですが、まだお名前をうかがっておりませんでした」

竜崎に言われて、野間崎は、はっとなった。

「こちらは、弓削篤郎第二方面本部長だ」

「改めまして……。竜崎です。よろしくお願いします」

「こちらこそ、よろしく頼む」

弓削は、野間崎のほうを見て言った。「なんだ、君が言っていたほどではなさそうだな」

「は……」

今日の竜崎は、妙に当たりが柔らかい。新しい方面本部長に媚《こび》を売っているのだろうか。いや、彼に限ってそんなことはあり得ないと思うが……。

竜崎が弓削に言った。

「ほう、野間崎管理官が、私について、何かおっしゃっていましたか」

弓削が笑みを浮かべた。

「かなりの変人だ、とね……」

「それは、褒め言葉として受け取っておくことにします」

野間崎は、思わず眼を伏せていた。ここでも竜崎に優位に立たれてしまった。

何か言わないと、このまま竜崎が優勢なままだ。野間崎は言った。

「一つ、質問をしたいのですが、いいですか？」

竜崎が野間崎を見た。

「どうぞ」

「先ほど、方面本部から電話して、すぐに会いに来てくれと言ったとき、あなたは、即座に断りました。なのに、今度はすぐに交番から戻ってきた。この対応の差は何です？」

竜崎は、不思議そうな顔をしている。どうして、そんなことが疑問なんだと言いたげだ。その顔を見ているだけで、居心地が悪くなってくる。

「さきほどは、事案が発生したばかりで身動きが取れませんでした。それだけのことです」

「しかし、まだ事案は片づいていません」

「それについては、今報告したとおりですが……」

「ええ、報告の内容はよくわかりました。ただ、あなたは、さきほどは方面本部長に会いに来るのを即座に断ったのに、今度はあっさりと承諾した。それがなぜか、私は知りたいのです」

竜崎は、ますます不思議そうな顔になる。

「それを知りたい……？」

「そう」

野間崎は言った。「あなたは、自分からわざわざ方面本部長に会うために足を運ぶのは嫌だった。しかし、方面本部長のほうから署に足を運んだのを知って、あわてて飛んで来た。そのようにも見えます」

竜崎は、あきれたように野間崎を見ていた。

「まったく事実と違いますね」

野間崎も、事実と違うとは思っていた。だが、そういう見方もできるというのは間違いない。

野間崎は、挑むように言った。

「では、なぜなんです？」

そのとき、弓削が口をはさんだ。

「人事を尽くしたからだ。そうだろう、署長」

竜崎は、弓削を見てこたえた。

「おっしゃるとおりです」

野間崎は、弓削に言った。

「人事を尽くした……？」

「人事を尽くして天命を待つという言葉があるだろう。事案発生時には、手配しなければならないこと、判断しなければならないことが山積だ。だから、竜崎署長は方面本部に来られなかった。それから、時間が経過して、署長は、やるべきことはすべてやり終えたというわけだ。前線本部に刑事課長と地域課長を待機させたのも、そうした対応の一環だ。つまり、すでに天命を待つ段階だった。だから、署長はここに戻って来た。そうだね、竜崎署長」

「そういうことです」

開け放たれた署長室の出入り口に、貝沼副署長が顔を出した。

「署長、被疑者四名、確保です」

竜崎がうなずいて言った。

「ご苦労だった」

貝沼副署長も言葉を返した。

「お疲れさまでした」

弓削方面本部長が言った。

「さて、事案も片づいたようだし、引きあげるとするか」

竜崎が尋ねた。

「何か、お話があったのではないですか？」

弓削がこたえた。

「いや、もう充分だ。それでは失礼する」

竜崎が立ち上がって方面本部長を見送る。

弓削の機嫌がよくなったように思えた。まさか、竜崎のことを気に入ってしまったのではないだろうな。野間崎は、そんなことを思った。

弓削と竜崎が、署長室で喧嘩《けんか》を始めるのが最悪のシナリオだった。だが、二人が接近するのも、野間崎にとっては面白くない筋書きだ。

方面本部長と所轄の署長がツーカーになったら、野間崎の立場がなくなるのだ。

いずれにしろ、今後も苦労は絶えない。

まだ、性格をつかみ切れない上司の後に続きながら、野間崎はそんなことを考えていた。

自覚

1

「強殺《ごうさつ》事件……？」

関本良治《せきもとりょうじ》刑事課長は、自宅でその電話を受けた。食事を終えて、くつろいでいるところだった。

正式には刑事組織犯罪対策課長だが、長いので、今でも昔ながらに、刑事課長と呼ばれている。

「現場は……？」

関本は、携帯電話の相手である、小松茂《こまつしげる》強行犯係長に言った。

「大田区中央四丁目……」

関本は、思わず舌打ちしたくなった。

「なんだ……。もう少しで、池上署の管轄《かんかつ》じゃないか……」

「はあ……」

小松係長が言った。「しかし、それを私に言われましても……」

それはそうだ。

「ホシ割れは……？」

「いえ、していません」

「中央四丁目なんて、典型的な住宅地だな。コンビニすらないんだろう？」

「まあ、コンビニくらいはありますが……」

「そんな場所で、強盗殺人か？」

「事件は、どんなところでも起きますよ」

「ホシ割れしていないとなると、臨場《りんじょう》しないわけにはいかないな……」

「なんでも、捜査一課長も臨場するそうです」

関本は、思わず顔をしかめた。

捜査一課長が臨場するかどうかは、捜査本部が立つかどうかの分かれ目となる。

どうやら捜査本部ができそうだ。そうなると、また泊まり込みだ。

「わかった。十五分ほどで行く」

「了解しました」

関本は、すぐに身支度を調《ととの》えた。捜査一課長が来るというのだから、普段着というわけにもいかないだろう。

いや、そのほうが、いかにも急いで駆けつけたという雰囲気が出ていいだろうか……。

そんなことも考えはしたが、結局背広にノーネクタイという格好ででかけた。

自宅を出たのが午後十一時二十分頃。

都会は眠らないと言われるが、住宅地の夜は比較的早く、人通りも途絶える。

大田区中央四丁目は、小松係長に言ったとおり、池上署との境界線に接している。一歩向こうの中央五丁目や六丁目は、池上署の管内なのだ。

犯人は、どうしてもう少し向こうで事件を起こしてくれなかったんだろう。

関本は、そんなことを思っていた。

現場は、バス通りから一本裏に入った通り沿いで、同じくらいの道幅の通りが交差する場所の近くだった。

中華料理屋の脇《わき》にある駐車場だ。

駐車場の一辺は、窓のない壁に面しており、もう一辺はブロック塀だ。あとの二辺は道路に面していたが、住宅街の午後十一時だ。人通りは少なかったはずだ。

通りを挟んだ向かいは酒屋だが、事件発生当時は、とっくに閉店していた。

つまり、目撃者がいなかった可能性が高いということだ。

関本が臨場すると、すでに機動捜査隊や鑑識が仕事を始めていた。

刑事たちは、鑑識が仕事を終えるまで黄色いテープで仕切られた現場に入ることもできない。

現場では、鑑識が主導権を握るのだ。捜査員たちは、鑑識が引きあげてからようやく仕事を始められる。

鑑識が仕事をしている間は、通信指令センターからの無線を聞いて、真っ先に駆けつけた地域係員や、機動捜査隊員に話を聞くことになる。それは、強行犯係員たちの仕事だ。

関本はただ、報告を待てばいい。

鑑識は、遺体の状況を写真に収めるとすぐにブルーシートをかけた。

死亡の認定や、死因の特定は、医者の仕事で、それはどこでやってもいいのだが、医者が臨場してくれない場合は、遺体を病院に運ぶことになる。

警察署の霊安室に運んでくるのは、その後になる。

行政解剖をする場合は、東京都監察医務院に運ぶこともある。

殺人が明らかで、司法解剖の必要があると判断したときには、受け容《い》れてくれる大学の法医学教室に運び込む。

関本は、ふと一人の捜査員に気づいて近づいた。

彼は、機捜や地域係に話を聞こうともしないで、ぼんやりとたたずんでいる。

「戸高《とだか》」

関本は、その捜査員に声をかけた。

戸高善信《よしのぶ》は、赤く濁った眼を関本に向けた。

「どうも……」

「何だ？　眼が赤いぞ。飲んでいるのか？」

「素面《しらふ》ですよ。寝不足なだけです」

まあ、本人が言うことを信じるしかない。いちいち現場に駆けつける捜査員のアルコールチェックをするわけにもいかない。

臨場したとき、捜査幹部が酒気を帯びていたら、それだけで問題になることもある。昔は、そんなこともなかったそうだ。記者も酒を飲み、捜査員や幹部も酒を飲んでいた。

それでも検挙率は変わらなかった。

今のマスコミは、常に悪者を探している。本当の悪者ではなく、さまざまな局面で悪役になる存在を探しているのだ。

せちがらい世の中になったものだと、関本は思う。

それを叩《たた》くことで、自分たちの正当性を強調しようとしている。それが、醜いことだと本人たちは気づいていないのだ。

きっとアメリカの影響なのだと、関本は考えていた。価値観が多様な多人種国家なので、拠《よ》り所になるのは法しかない。

日本のように人情などというものが、通用しないのだ。

何か起きると常に法によって裁かれるので、必ず誰かが悪者になる。裁判では勝つか負けるかなのだ。

そんな社会は真っ平だと、関本は思う。いい加減でも、曖昧《あいまい》でも日本の社会のほうがずっと住みやすいと思う。

「それで、おまえは何をしているんだ？」

「何って、別に……」

「聞き込みしなくていいのか？」

「あまり意味がないですからね……」

関本は驚いて尋ねた。

「聞き込みに意味がないというのか？」

「ケース・バイ・ケースですよ。何か物音を聞いたとか言われても、事件が起きた時刻を特定するくらいの役にしか立ちませんからね……」

「それは立派な手がかりだと思うが……」

「今は、もっと有効な手がかりがたくさんあります。防犯カメラの映像とか……」

「それでも、地道な聞き込みが功を奏することもあるんじゃないのか？」

「もちろんですよ。へたな鉄砲も、数撃ちゃ当たるって、言いますからね」

「おまえみたいに、何もしないよりも、へたな鉄砲を撃っているほうがましじゃないのか？」

「何もしていない、なんて、心外ですね。これでもホシの逃走路のことを考えていたんですよ」

「とっくに遠くに逃げているだろう」

戸高は、かぶりを振った。

「そんなに遠くには行っていませんね。おそらく犯人は地元の人間です」

「なぜだ？」

「よそから来たやつなら、もっと交通の便のいいところで犯行に及ぶでしょう」

たしかに、中央四丁目は、どの駅からも離れている。

ＪＲ京浜東北線の大森駅と蒲田《かまた》駅の中間あたりに位置している。つまり、どちらの駅からも遠いということだ。

私鉄の最寄りの駅は、東急池上線の池上駅だが、これも蒲田駅と同じくらい距離がある。

「車を使ったということも考えられる」

「車を使うなら、手っ取り早くコンビニやファーストフードを襲撃するでしょうね。こんな住宅地のど真ん中に入り込んで、通行人を襲撃するなんてことはしないでしょう。被害者は、バッグや財布などを所持していません。盗《と》られたのでしょう。つまり、金目当ての犯行と見ていいでしょうね」

なるほど、と関本は思った。

戸高は、勤務態度は決してほめられたものではない。だが、関本は彼の捜査能力を評価していた。

平和島で競艇をやっていながら、その群集の中から指名手配犯を見つけて逮捕する、などという芸当をやってのける刑事なのだ。

「では、犯人はまだ管内にいる可能性が高いということか？」

「でしょうね。そして、こいつはまたやりますよ」

「根拠は？」

「鑑識に聞きました。刃物で二回だけ刺しています」

「それは、どういう意味なんだ？」

「強殺ってのは、いくつかのパターンがありますが、一番多いのは脅すつもりで得物《えもの》を持っていて、はずみで刺しちまうケースです。そういう場合、犯人のほうもうろたえていますから、何度も刺してしまう。あるいは、一度だけ刺して逃げてしまう。二度刺すというのは、とどめを刺したってことなんです。つまり、殺すつもりだったということです」

関本も刑事課長だから、それくらいのことはわかっているつもりだ。だが、戸高に言われると、なぜか唸《うな》ってしまう。

飄々《ひょうひょう》とした語り口が、かえって現実味を感じさせる。

鑑識のオーケーが出て、捜査員たちが遺体やその周囲の状況を検分した。

戸高もそちらに移動した。

関本は、やがてやってきた警視庁本部捜査一課への対応に追われることになった。

捜査一課がやってきたら、もう所轄の出番はあまりない。

いつしか、戸高は遺体から離れて、再びぼんやりとたたずんでいた。

関本は、戸高のことを気にしている暇がなくなった。捜査一課長がやってきたのだ。

捜査一課長は、田端守雄《たばたもりお》警視正。ノンキャリアの叩き上げで、捜査畑一筋だ。鑑識課長を経て捜査一課長という、ほぼ規定通りのコースを歩んできた。

捜査員の気持ちがわかる課長と言われている。時折、べらんめえ調になるが、それも捜査員たちに親しみを感じさせようという思いがあるからだろう。

同じ課長だが、所轄とは格が違う。階級も上だ。関本と小松係長は、べったりと捜査一課長に張り付いて、質問にこたえ、指示をすみやかに署員に伝えなければならない。

捜査一課長が言った。

「署長は来ていないのか？」

関本は即座にこたえた。

「連絡はしたのですが……」

「臨場するかどうか、確認してみてくれ」

「わかりました」

関本は、竜崎伸也《りゅうざきしんや》署長の携帯電話にかけた。

「はい、竜崎」

「関本です。捜査一課長がいらして、署長は臨場されないのかと……」

「現場は任せる。そのための課長だ」

「はあ……。でも……」

「今俺が現場に行っても、できることはない。捜査員たちによけいな気をつかわせるだけだ」

すでに、署長のこういう物言いには慣れている。

「それを、そのまま捜査一課長にお伝えしてもよろしいですか？」

「かまわない」

「了解しました」

電話が切れた。

普通なら、現場の様子とか、今後の捜査の見込みなどを質問しそうなものだ。それを訊《き》かないのが竜崎署長なのだ。

現場に任せると言ったら、本当に任せてしまう。逆に、陣頭指揮を執るときは、徹底的にすべてを掌握する。

関本は、捜査一課長に言った。

「署長は臨場しません。現場に任せるということです」

「帳場《ちょうば》のこととか、相談しようと思ったんだが、まあ、あの署長さんじゃ、しょうがねえか……」

「すいません」

「おめえさんが謝るこたあねえよ。現場に任せるって言い方も、竜崎さんらしいや」

「はい……」

「じゃあ、課長から伝えてくれ。今夜中にホシ割れしなかったら、明日一番で大森署に帳場を立てるってな」

「了解しました」

やはり、捜査本部を立てることになるのか……。

そんなことを思いながら、周囲を見やった。

関本は、おや、と思って、小松係長に尋ねた。

「戸高はどうした？」

「え……？」

小松は、慌《あわ》ててあたりを見回した。「さあ、どうしたんでしょう」

捜査一課の捜査員も、所轄の係員もまだ現場に残っている。戸高の姿だけがなかった。

「勝手に現場を離れたのか？」

「まあ、いつものことですから……」

そのやり取りを、田端捜査一課長には聞かれたくないと思った。

遺体が現場から運び出され、捜査一課を含めて捜査員たちが大森署に引きあげようとしているとき、パンという乾いた音が響いた。

「何だ……？」

関本は思わず言った。「パンクか？」

小松係長が言った。

「今時、パンクはないでしょう。爆竹か何かか……」

「ばか言え」

田端捜査一課長の声がした。「あれは銃声だ。発砲音だよ」

2

強行犯係の係員が、大森署の地域課に、捜査一課の捜査員が、通信指令センターに、それぞれ連絡を取り、発砲の通報がなかったかを確かめた。

まだ通報はないということだ。

関本は、田端捜査一課長が「銃声だ」と言った瞬間に、反射的に時計を見ていた。午前零時を過ぎたところだった。

田端課長は、銃声がしたと思われる方向に、捜査一課の全捜査員を向かわせた。強盗殺人事件の初動捜査の最中だ。関本にはその度胸はなかった。

係長を含めた二人を現場に残し、三人を捜査一課の捜査員とともに行かせた。

携帯電話が振動した。竜崎署長からだった。「はい、関本です」

「今、久米《くめ》地域課長から電話があった。管内で発砲事件らしいということだが、何があった？」

「中央四丁目で、強盗殺人の初動捜査をしているときに、銃声が聞こえました。現場からそれほど離れてはいなかったので、捜査一課長が捜査員たちに捜査を命じました」

「その場にいた捜査員たちを使ったんだな？」

「そういうことです」

「それは適切な判断だ」

「それを、田端課長に伝えますか？」

「必要ない。それで、誰が何のために発砲したのかわかったのか？」

「まだです」

「何かわかり次第、すぐに知らせてくれ」

「はい」

関本が携帯電話をしまったとき、今度は小松係長が電話に出た。

みるみる彼の表情が曇っていく。関本は、何事かと、その様子を見つめていた。

小松係長が、電話を切って関本のほうを見た。関本は、苛立《いらだ》って尋ねた。

「どうしたんだ？」

「今の銃声は、戸高が撃ったものだと……」

「何だって……？」

「戸高が発砲したんです」

「戸高は、今どこにいる？」

「中央一丁目の神社の前です」

田端捜査一課長が言った。

「戸高というのは、誰のことだ？」

関本は即座にこたえた。

「うちの捜査員です」

「その捜査員が、発砲したというのは、どういうことだ？」

質問にこたえたのは、小松だった。

「強殺事件の犯人を撃ったと言っているそうです」

その言葉に、田端捜査一課長と関本が同時に声を上げた。

「何だって……」

関本と田端は顔を見合わせた。関本は、田端に先に質問するよううながした。

田端が小松係長に尋ねる。

「その戸高という捜査員が、犯人を発見し、取り押さえるために発砲したということか？」

小松がうなずいた。

「そういうことだと思います」

関本は言った。

「とにかく、その現場に行ってみましょう」

田端捜査一課長が尋ねた。

「その神社というのは……？」

小松がこたえる。

「ここから三百メートルくらいです」

田端課長が言った。

「行ってみよう」

関本は、歩きながら、竜崎に電話をした。

「どうなった？」

関本は、小松から聞いた話をそのまま伝えた。

「戸高が強殺犯《ごうさつはん》を撃ったということだな？」

竜崎が確認するように言った。その声には何の感情もこもっていないように聞こえた。ただ事実を確認しているだけだ。

「そういうことのようです。署長、臨場されますか？」

「なぜだ？」

聞き返されて、こたえに困った。

「いえ……。捜査一課長も臨場されていますし、署員が発砲したとなれば、いろいろと問題が……」

「現場のことは任せると言ったんだ。戸高の発砲も現場で起きたことだろう？」

「そうですが……」

「何か問題が起きたら、責任は取る」

「はあ……」

すでに問題が起きている。住宅街で署員が発砲したのだ。

小松が顔色を失ったのを見てもわかるとおり、部下が発砲したとなると管理者は事後処理に追われることになる。

へたをすれば処分される。

「捜査本部が、なしになったということだな」

竜崎が言った。関本は、一瞬何を言われたのかわからなかった。

「何です……？」

「強殺犯が撃たれたんだろう？　つまり、どういう状態であれ、確保したということだ。強殺事件は、即時解決だ」

「ああ、そういうことですね……」

たしかに、強盗殺人事件は解決した。だが、別の大問題が起きてしまった。

「それで、撃たれた被疑者の様子は？」

「それはまだわかりません。これから確認します」

「あとの処置は任せる。明日、書類に判を押せば済むことだな。じゃあ……」

電話が切れた。

竜崎署長は、事の重大さを認識しているのだろうか。

「こっちです」

先頭を行く小松係長が、鳥居をくぐった。

神社の鳥居の前で、捜査員たちが輪を作っていた。その輪の中心にいるのは、戸高だった。そして、戸高の目の前に血まみれの衣服を着た男が倒れていた。

サイレンが近づいてくる。

誰かが救急車を呼んだのだ。戸高かもしれない。

戸高は、すでに拳銃《けんじゅう》を手にしていなかった。捜査員の誰かが取り上げたのだ。

救急車が到着し、救急隊員が撃たれた男を乗せて行った。そして、すぐに再びサイレンを鳴らしながら、走り去った。

「意識を失っていますが、呼吸、脈拍ともにしっかりしているということでした」

捜査員の一人が、そう告げた。救急隊員から話を聞いたのだ。

その報告を聞いて、関本は少しだけほっとしていた。少なくとも、犯人を撃ち殺したわけではなさそうだ。

田端課長が、戸高に言った。

「捜査一課長の田端だ。状況を説明してもらおう」

戸高がこたえた。

「先の強盗殺人事案の被疑者が、人質を取ったので、その安全を確保し、また、被疑者の身柄を確保するために、やむなく拳銃を使用しました」

いつになくきびきびとしている。

相手が、捜査一課長だからだろう。また、自分が置かれている立場を、充分に理解しているからだと、関本は思った。

田端課長が尋ねた。

「その人質というのは……？」

他の捜査員がこたえた。

「保護しております。今、捜査車両の中です」

「怪我《けが》は？」

「打ち身、擦り傷などの軽傷です」

田端は、戸高に眼を戻して言った。

「詳しく話を聞こう。大森署に行こうじゃないか」

戸高が聞き返した。

「今からですか？」

ばかやろうと、関本は心の中で怒鳴っていた。

先ほど、せっかくまともな受けこたえをしたのに、もう馬脚をあらわしてしまった。

「今からだ」

田端課長が言った。「俺も帰りたいんだがよ。刑事が拳銃を使用したとなれば、部長にも報告しなけりゃなんねえ。だから、さっさと済ませちまおうぜ」

戸高は、田端課長のべらんめえ調を聞いて、毒気を抜かれたような顔をしていた。

3

刑事課の会議室のテーブルに、田端課長、関本、そして小松係長が並んで座っていた。その向かい側に、戸高が一人で腰かけている。

そこに、貝沼《かいぬま》副署長が駆けつけた。

顔色が悪い。おそらく寝ているところを叩《たた》き起こされたからだろうが、ストレスのせいもあるに違いないと、関本は思った。

貝沼副署長が、田端課長に言った。

「捜査一課長が直々に聴聞《ちょうもん》ですか？」

「副署長、聴聞てえのは人聞きが悪いぜ。俺は、強殺《ごうさつ》事件に臨場したんで、事情を聞いておこうと思っただけだ」

貝沼がやってきたので、関本と小松係長は一度立ち上がった。こういう場合でも席次を考えなければならない。それが警察という組織だ。

結局、田端課長の隣に貝沼副署長が座った。その隣が、関本、一番端が小松だ。

ちなみに、田端課長は警視正で貝沼副署長は警視だから、田端課長のほうが一階級上だ。

戸高は、いつもと変わらず、ちょっとふてくされたような顔で、テーブルに向かって体を斜めにしている。

田端課長が戸高に言った。

「人質がいたということだな？」

「はい」

「どういう状況だったのか、詳しく教えてくれ」

「自分は、犯人が逃走あるいは潜伏していると思われる一帯を調べようと思っていました。あの神社の前に、犯人らしい男がいるのに気づいて声をかけました。すると、男は逃走したので、自分は追走しました。男の前から、自転車に乗った若い女性がやってきて、男はその自転車に体当たりして、女性を捕まえました。そして、刃物を出したので、警察官職務執行法第七条および国家公安委員会規則の『警察官等けん銃使用及び取扱い規範』に則《のっと》り、拳銃《けんじゅう》を抜きました」

「その人物を犯人だと推量した根拠は？」

「血だらけの服を着て、神社の前に佇《たたず》んでいました」

「強殺事件の被害者を刺したときの返り血だな？」

「自分はそう推量しました。その事情を聞くべく声をかけると、突然男は逃走を図ったのです。そして、自転車に乗っていた女性を突き落として人質にしました」

「君が発砲したとき、その人質の若い女性に危険はなかったのか？」

「撃たなきゃ、切られていたか、刺されていたかもしれません。いずれにしろ、人質は危険な状態にあったんです」

「それは微妙な発言だな。これは知っているな？　『けん銃を撃つときは、相手以外の者に危害を及ぼし、又は損害を与えないよう、事態の急迫の程度、周囲の状況その他の事情に応じ、必要な注意を払わなければならない』。そう定められているんだ。君が今言った、『警察官等けん銃使用及び取扱い規範』の第八条の第二項だ」

「必要な注意は払いましたよ。いいですか？　人質が安全な状況なら、拳銃なんて使用する必要はないんです。人質の命が危ないからこそ、拳銃を使用する必要があったんです」

田端課長が、隣の貝沼副署長に言った。

「どう思う？」

貝沼が戸高に言った。

「説得の余地はなかったのか？」

戸高が「何をばかな」と言わんばかりに顔をしかめて天を仰いだ。

「現場を知らない警察庁《サッチョウ》の幹部みたいなこと、言わないでくださいよ」

貝沼がむっとした調子で言った。

「私も、あまり現場を知らないもんでね……」

「相手は、人を刺したばかりのやつですよ。そして、人質に刃物を突きつけていたんです。銃を出さずに、説得している余裕なんてありません。もちろん、逃げられないから抵抗をやめろと言いましたけどね」

　田端課長が尋ねた。

「被疑者は、人質を抱えていたんだな？」

「そうです」

「そして、刃物を突きつけていた」

「ええ」

「君は、その状態の被疑者に対して発砲したわけだ。つまり、君は人質に向けて発砲したことになる」

「ちょっと違いますね」

「どう違うんだ？」

「犯人に、人質を解放しなければ撃つ、と言いました。その時、人質がもがいて、犯人の手が弛《ゆる》んだんです。その瞬間、自分は人質に言いました。伏せろ、と。人質は、言われるとおり、その場にしゃがみ込みました。犯人は、人質を刺そうとしたので、待ったなしの状況でした」

　田端課長は、ふうんと息を吐き出して、腕組みをした。しばらく考えてから、彼は言った。

「事情はわかった。人質になった若い女性はどうしてる？」

小松係長がこたえた。

「病院に運びました。自転車から落ちたときに打撲と擦過傷《さっかしょう》を負っていますし、心理的にショックも受けておりますので……」

「撃たれた被疑者とは別の病院だな？」

「はい。うちの係員が同行して、状況を見て事情を聞くことになっています。すでに、家族には連絡してあります」

「今、戸高が言ったことの裏を取ってくれ。……おっと、気を悪くしないでくれ。疑っているわけじゃない」

戸高がこたえた。

「自分も刑事ですから、裏を取ることが必要なことくらいはわかります」

田端課長が、うなずいてから言った。

「いちおう、部長には俺から知らせておく。さて、話は以上だ」

貝沼副署長が不安気に尋ねた。

「それで、戸高はどうなりますか？」

「それは、署長次第だな。署長がどう出るかで、処遇が決まるだろう」

課長と捜査一課の連中が引きあげると、大森署の強行犯係の捜査員たちは、強盗殺人事件の処理を始めた。

うまくすれば、朝には送検できる。被疑者が入院しているので、身柄を押送《おうそう》するのは無理だが、書類だけ先に送れるだろう。

病院からの知らせでは、被疑者の命には別状ないということだ。

被疑者の命が無事だったのはいいことだ。だが、それでまた別の心配事が増えると、関本は思った。

戸高の拳銃使用が不当だったと、被疑者が訴えを起こす恐れもある。

普通に考えれば、強盗殺人の犯人が、警察官に対して訴えを起こすなど、実にばかばかしいことだ。

だが、法律の世界では、たまに常識では考えられないようなことが起きる。

これもアメリカなどの影響だろうか。弁護士は、重箱の隅をつつくように、こちらの不備を衝《つ》いてくる。

拳銃使用は、日本の社会ではそれくらいに問題を引き起こしかねないのだ。

貝沼が戸高に言った。

「君は、もう帰りなさい」

戸高が言った。

「みんな働いてるのに、自分だけ帰るのは心苦しいですね」

ちっとも心苦しそうな口調ではなかった。

貝沼が、少しだけ顔をしかめて言った。

「いいから、帰るんだ。まっすぐ帰るんだぞ。自宅にいろ」

「謹慎ということですか？」

「そういうことは、署長に決めてもらう。どういう扱いにしていいかわからないから、自宅でおとなしくしていろと言ってるんだ」

「わかりました」

戸高が帰宅した。

貝沼が関本に目配せした。二人は、会議室に戻った。

「どう思う？」

貝沼に尋ねられて、関本はどうこたえていいかわからなかった。

「どうと言われましても……」

「戸高の拳銃使用が適正だったと思うか？」

「本人の弁を聞く限りは、適正だと思います」

貝沼は考え込んだ。

「田端課長がそう思っているかどうか、疑問だな……」

関本は、不安になった。

「そうでしょうか……」

「人質がいるのに、発砲するなど、無茶な話だ」

「それはたしかにそうですが……」

「課長もそれを指摘していたじゃないか。戸高は、人質がいる方向に拳銃を発射したんだ」

貝沼が言うとおり、課長はその点を確認していた。

「その点は、問題視しようと思えばできますね……」

「問題視しようと思えば、ではなく、すでに問題なんだよ」

貝沼は、いつになく苛立《いらだ》っているように見えた。

ノックの音が聞こえて、小松係長が顔を出した。

「失礼します」

関本は尋ねた。

「何だ？」

「今、捜査員が病院から戻りまして……」

「どちらの病院だ？」

「人質のほうです。話を聞いたところ、ほぼ戸高が言ったとおりだったということです」

貝沼が言った。

「ほぼ、とはどういうことだ。監察や弁護士は、針の先ほどの相違点を確実に衝いてくるぞ」

監察や弁護士……。

貝沼は、そういう事態を想定しているのだ。

小松係長が言った。

「一言一句同じというわけではないという意味です。事実関係は一致しています」

「わかった」

貝沼が言うと、小松は会議室のドアを閉めた。

関本は言った。

「いちおう、戸高の証言の裏が取れたということですね」

「裏は取れたとしても、状況はそんなに変わらないぞ」

「どういうことですか？」

「当然じゃないか。戸高が人質のいる方向に拳銃を発射したことは間違いないんだ。そこを突っこまれたら、逃げようがない」

貝沼は、以前から戸高の勤務態度が気に入らない様子だった。だから、自然と評価が辛くなるのかもしれない。

加えて、貝沼はけっこう心配性だ。だからつい、最悪の事態を考えてしまうのだろう。

関本も、戸高の勤務態度はほめられたものではないと思っている。だが、彼の捜査能力を認めていることも事実だ。

愛想のないやつだが、なぜか同僚には人望がある。

関本も戸高のことが嫌いではなかった。だから、何とか彼を助けてやりたいと思う。だが、どうやら貝沼にはその気がないようだ。もしかすると、戸高のことを処分するいい機会だと考えているのかもしれない。

「朝までに、署長にどう報告するか考えておいたほうがいい」

貝沼が言った。

「署長は、どう判断されるでしょうか？」

「わからん。だが、あの人は曖昧《あいまい》なことが嫌いだ。こちらの態度を決めておいたほうがいい」

「態度を決めるというのは、どういうことですか？」

「戸高をどういう処分にするか、署長に進言するということだ」

やはり貝沼は、処分ありきで考えている。

関本は、反対したいが、できなかった。

捜査一課長臨場の現場のすぐそばで発砲した。事実をもみ消すことも、ごまかすこともできない。

貝沼が言ったとおり、竜崎署長は曖昧なことを嫌う。部下に対する温情などという日本人独特のいい加減さは、竜崎署長には通用しない。

合理的に考え、ばっさりと斬《き》る。それが竜崎流だ。

では、この場合、合理的というのは、どういう考えだろう。

拳銃を撃ったことを、どう合理的に判断すればいいというのか。

関本にはわからなかった。

ただ、大方の意見は、おそらく貝沼と同様だということは、容易に想像がつく。公務員は、一般の企業に比べて安定しているが、常に処分の懸念《けねん》がつきまとう。

「わかりました」

関本は言った。「考えておきます」

「では、私はこれで失礼するよ」

貝沼が会議室を出て行った。関本は、一人で残っていた。

戸高を助けたいのはやまやまだ。だが、貝沼は、処分を署長に進言しろと言う。署長が、甘い処分を認めるとは思えない。

関本は板挟みの気分だった。

田端捜査一課長が、処分の方法は、竜崎署長次第だという意味のことを言っていた。竜崎署長に下駄《げた》を預けるということだ。

その一方で、刑事部長に報告するとも言っていた。すでに、報告は行っているのだろうか。

竜崎署長と伊丹《いたみ》刑事部長は同期で、しかも幼馴染《おさななじ》みだという。

署長が刑事部長に、なんとか穏便に済ませるように言ってくれないだろうか。

いや、竜崎署長は、個人的な関係を利用するような人ではない。もし、関本がそれを頼んだとしたら、完全に逆効果になってしまうだろう。

署長の機嫌を損ねるわけにはいかない。

戸高が処分された場合、関本も部下の監督責任を問われ、処分される恐れがある。

それを思うと、溜《た》め息が出た。

考えた末に、関本は決めた。

こちらから処分について言い出すことはない。現状をつぶさに報告して、署長の判断を待とう。

関本は、会議室を出て、小松係長に声をかけた。

「送検手続きの書類はどうだ？」

「もうじき片がつきます」

「そうか……」

「戸高はどうなるんですか？」

小松も心配そうだ。

「私にもわからんよ」

「もし、戸高がいなくなるようなことがあったら、我々として大きな痛手ですよ」

「そんなことにはならんよ」

自分でもそれは気休めに過ぎないと思った。すべては竜崎署長次第なのだ。

関本は、疲労感を覚えて言った。

「私は帰宅するが、いいかね？」

小松がうなずいた。

「問題ありません」

「では、後は頼んだ」

「了解です」

関本は、重い気分のまま帰宅した。

4

関本は、朝一番で署長室に呼ばれた。

まるで、自分が処分を言い渡されるような気分で、署長室に向かった。いや、実際に関本自身も処分される可能性は充分にある。

「失礼します」

竜崎署長は、すでに判押しを始めていた。その作業を続けながら、彼は言った。

「強盗殺人犯は、どうなった？」

「病院で手当てを受けていますが、命に別状はないそうです。意識もあるということですが、退院するまでにはしばらくかかるようです。身柄なしのまま送検しました」

「それで問題はないんだな？」

「送検については問題ありません」

「スピード解決したおかげで、捜査本部を作らずに済んだ」

「はい」

「ご苦労だった」

関本は、え、と思った。

「あの……。それだけですか？」

竜崎が怪訝《けげん》そうに顔を上げた。

「それだけとは、どういう意味だ？」

「戸高の件が……」

「戸高が何だ？」

「拳銃《けんじゅう》を撃ちました」

「それがどうかしたのか？」

信じがたい一言だった。

「副署長は、処分も考えておられるようでしたが……」

竜崎がうんざりしたような顔をした。

「副署長を呼んでくれ」

「はい」

副署長席は、署長室のドアの脇《わき》にある。関本は、顔を出して貝沼副署長に言った。

「署長がお呼びです」

貝沼は、すぐに席を立ってやってきた。

「何でしょう？」

「戸高の処分を考えているというのはどういうことだ？」

貝沼が関本の顔を見た。それから署長に視線を戻して言った。

「当然のことだと思いますが……」

「なぜ、当然なんだ？」

貝沼が関本に言った。

「事情をご説明申し上げていないのか？」

関本がこたえるまえに、竜崎が言った。

「必要がないと思ったから、説明を求めなかった」

貝沼が竜崎に言った。

「捜査一課長は懸念《けねん》されているご様子でした。刑事部長にも報告されると……」

「懸念だって？　処分するとでも言ったのか？」

関本がこたえた。

「署長次第だとおっしゃっていました」

竜崎が何か言う前に、貝沼が言った。

「刑事部長からお達しがある前に、戸高から詳しく話をお聞きになったほうがよろしいかと存じますが……」

竜崎は、しばらく無言で何事か考えている様子だったが、やがて言った。

「わかった。戸高を呼んでくれ」

関本は、携帯電話で戸高を呼び出した。彼がやってくる間、署長は黙々と判押しを続けた。

貝沼と関本は、無言で立っていなければならなかった。

五分ほどして、ようやく戸高が現れた。

「何すか？」

竜崎が、判押しをしながら言った。

「強盗殺人犯確保のときのことを詳しく聞きたい。どうやって被疑者を見つけたんだ？」

「現場から、逃走した犯人がどこに向かうかを考えてみたんです。車を持っていない場合、たいていの犯人は、逃走路確保のために最寄りの駅に向かおうとします。現場は、大森駅と蒲田駅の中間あたりでしたが、若干大森駅が近かった。だから、自分もそちらに向かったんです。そうしたら、あの神社の鳥居の近くで、血だらけの服でぼうっとしているやつを見つけたんです」

「それから……？」

「職質をかけようとしました。すると、その男は逃走を図ったのです。ちょうどそこに、自転車に乗った若い女性がやってきました。男は、その女性を突き落とし、片手で抱えて、もう片方の手でナイフを突きつけたのです」

「それで、拳銃を抜いたのか？」

「そうです」

「それから……？」

「女性を解放するように言いました。それから、もう逃げられないから抵抗を止《や》めろとも言いましたね」

「説得を試みたというわけだ」

「言うだけは言いましたよ。でも、説得できるような状況ではなかったですね」

「君が拳銃を発射したときのことを、詳しく説明してくれ」

「言ったとおり、犯人は若い女性を抱えてナイフを突きつけていました。自分は、人質を解放しないと撃つと警告しました」

竜崎は、無言で話の先を促した。戸高は、続けて話しだした。

「そのとき、人質がもがいて、犯人の手が少し弛《ゆる》んだのです。自分は、人質に地面に伏せるように言いました。そして、人質がしゃがみ込みました。犯人は逆上して、人質をナイフで刺そうとしました。待ったなしでしたよ。自分は、その瞬間に犯人の胴体めがけて銃を撃ちました。銃口がうわずってしまい、狙《ねら》いより高い位置に弾が当たりました。犯人の肩に当たったんです。犯人は被弾の衝撃でひっくり返り、自分はすぐに身柄確保しました」

竜崎は、判押しを続けたまま言った。

「わかった」

それ以上、何も言おうとしない。

関本と貝沼は、顔を見合った。

貝沼が竜崎に言った。

「あの……、それで……？」

竜崎が貝沼を見た。

「それで、とは……？」

「どういう処分をお考えですか？」

「処分の必要などない」

貝沼が驚いた顔になって言った。

「しかし、捜査員が拳銃を発射したとなると、ただでは済みませんよ」

「なぜだ？」

「マスコミが黙っていないからです。マスコミを納得させるために、警察はちゃんとした説明をしなければなりません」

「マスコミの顔色などうかがう必要はない。彼らは、武器を持った犯人に立ち向かうわけじゃないんだ。現場の危険性を何もわかっていない」

「しかし、これまでの例を見ますと、警察官が発砲するたびに、それが適正だったかどうかが議論されることになります」

「俺が戸高から話を聞いて、拳銃の使用は適正だと思った。それでいいだろう」

「被疑者を発見したのなら、単独で接触せずに応援を呼べばよかったのです」

「応援がいても、人質を取られる結果になったかもしれない。応援を呼ぶか、職質をかけるか……。その判断は、その場にいた捜査員の判断に委《ゆだ》ねられるべきだ」

「戸高は、人質がいる方向に銃を発射したことになります」

竜崎はそれを聞いて、戸高に質問した。

「君は、人質を狙って銃を撃ったのか？」

「いえ、犯人を狙いました」

竜崎は貝沼を見て言った。

「そういうことだ。問題はない」

「しかし、人質に弾が当たる危険が……」

竜崎は、再び戸高に質問した。

「犯人は人質にナイフを突きつけていたんだな？」

「はい」

「犯人は興奮しており、実際に人質を傷つける恐れがあったのだな？」

「おおいにありました」

竜崎は、貝沼に言った。

「聞いてのとおり、人質は、戸高が拳銃を使用しようがしまいが、危機的な状況にあったということだ。戸高は、人質を危機的な状況から救い出すために、拳銃の使用を決断したんだ」

「はあ……」

「戸高は、自覚を持って拳銃を使用した。もし、無自覚に使用したのなら、処分の対象になって然《しか》るべきだ。だが、話を聞いて、そうではなかったことがわかった。だから、俺は問題ないと判断した。話は以上だ」

関本は、竜崎署長の話を聞いていて、不思議に思った。

俺は今まで、何を悩んでいたのだろう。すべて竜崎署長の言うとおりではないか……。

これが本当に合理的な考え方というものなのだろう。なかなかこの境地には至れない。

竜崎署長が携帯電話を取り出した。着信のようだ。

「はい、竜崎……。ああ、伊丹か……」

刑事部長からだ。貝沼、関本、戸高の三人は、緊張した面持《おもも》ちで、直立していた。

「俺は、問題ないと判断した。……説明責任？　必要ならいくらでも俺が説明してやる」

電話を切ると、竜崎が三人に言った。

「話は終わったぞ。まだ何かあるのか？」

貝沼がこたえた。

「いえ、失礼します」

署長室を出ると、貝沼はまだ釈然としない顔で席に戻っていった。

こういうときは、何も言わないに越したことはない。関本は、そう思い、黙って副署長から離れた。

隣にいる戸高に言った。

「大事にならずによかった」

「当然ですよ。自分は、間違ったことはしていません」

「いや、貝沼副署長が言ったように、応援を呼ぶという選択肢もあったはずだ。いずれにしろ、手綱《たづな》を引き締めなければならないな」

戸高は、何も言わず肩をすくめた。

席に戻ると、ほどなく、人質になった女性が無事に退院したという知らせを受けた。

関本は、晴れ晴れとした気分で思った。

あの署長から学ぶことは、まだまだ山ほどある。
竜崎には、できればいつまでも大森署の署長でいてほしい、と。

実地

1

秋風が深まる頃には、独特の思いがある。

久米政男《くめまさお》地域課長は、毎年そう感じる。

物思う季節ではあるが、別に感傷的になっているわけではない。五十一歳になるいい大人が、季節のせいで感傷に浸ってなどいられない。

いや、人間いくつになろうが、季節によって気分が左右されることはあるが、久米は、自分がそれほどデリケートなタイプだとは思っていなかった。

秋は、卒配《そつはい》のシーズンだ。警察学校で初任教養を終えた連中が、各警察署に分散して配属される。これを卒業配置、略して卒配というのだ。

これは職場実習のための仮配属のようなもので、二ヵ月か一ヵ月ずつ、いろいろな部署を経験する。

警察官の卵たちを、最初に受け容《い》れるのが地域課だ。

まず、地域課で現場のいろはを教えて、次の課に送り出してやらねばならない。責任重大なのだ。

今年も、二名の卒配があった。例年より少ない配置だ。大森署の規模からいって、普通は四名ほどの卒配がある。

すでに、その二名は、職場実習を始めていた。

これは、本庁の人事二課のやつが言っていたことだが、卒配は、成績のよかった者と悪かった者の組み合わせで行うらしい。

まあ、署によって人材の偏《かたよ》りをなくすという意味では、妥当な措置だが、なんだか意地が悪いような気もする。

自分の時はどうだったのか、よく覚えていない。いっしょに卒配されたやつは、今は警視庁本部にいるから、自分はおそらくだめなほうだったのだろう。

それでも、今は課長だ。我ながら、よく頑張ったと思う。

人事二課のやつによると、必ずしも成績がよかったほうが優秀な警察官になるとは限らないそうだ。

世の中、そうあってほしいと、久米は思う。そのために、初任教養が終わったら、職場実習があるのだ。

学校の成績がよかったやつが、現場で使えるとは限らない。何もかも成績で決められてはかなわない。

卒配の新米警察官は、地域課を離れた後、だいたい五ヵ月ほどで、また警察学校に戻っていく。

そこで、二ヵ月ほどの初任補修教養の研修を受け、また卒配先の警察署にやってくる。たいていは、また地域課に配属されるのだ。

地域課は、いつも新人に恵まれてうらやましい、などと他の課の人間に言われたりする。冗談ではないと、久米は思う。

常に半人前の警察官を抱える苦労を味わってみろと言いたい。そいつが何かヘマをしたら、久米の責任になるのだ。

ヘマをするくらいならまだいいが、怪我《けが》をしたり、不祥事で処分を食らうようなことになったら、久米もいっしょに処分されることになりかねない。

そういうわけで、特に卒配のある秋は、久米は気が休まらないのだ。

問題を起こすのが、卒配の新人とは限らない。それを指導する役目の係員が、何かのはずみで不祥事を起こすこともあり得る。

後輩に親切な係員ばかりとは限らない。中には、学生時代の体育会の体質が染《し》みついていて、後輩をいじめるのが習慣のようになっているやつもいる。

新人とそんな係員が衝突して騒ぎになることもある。そういう場合、多少理不尽かもしれないが、新人を叱《しか》ることになる。

理由は二つある。

まず第一に、警察官というのは、どういうものかを教え込まねばならない。上の者に逆らってはいけないのだ。

もちろん、新人のほうに圧倒的に理があるという場合は別だ。だが、そういうことは稀《まれ》で、たいていは単なる感情のぶつかり合いなのだ。

第二の理由は、先輩を叱った場合、後で配属された時に、またそいつから新人がいじめにあう恐れがある、ということだ。

そういうときのいじめは、いっそう陰湿になる。新人は、たいてい二年ほどで異動になるが、それを待てなくて、辞職していく者もいる。

そういう場合も、久米の責任が問われることになるのだ。

久米は、新人の研修計画を練っていた。ただ単に、指導係に預けているだけではだめだ。地域課にいる二ヵ月間に、できるだけ一人前の警察官に近づけるように、体系を考えなければならない。

やはり、実地の体験を積むことが何より重要だが、ただ現場に放り込むだけでは、現実に潰《つぶ》されてしまう懸念《けねん》もある。

俺は、心配性なのかもしれない。

久米は時折、そう思う。

警察学校の教官じゃないんだ。新人を、手取り足取り教育する義務はない。

そう思う一方で、やはり地域課は、警察学校に一番近い部署だと思ってしまうのだった。

卒配のことであれこれ考えているところに、関本良治《せきもとりょうじ》刑事組織犯罪対策課長がやってきた。長ったらしいので、みんな昔ながらに刑事課長と呼んでいる。

関本刑事課長は、いきなり怒鳴った。

「いったい、何考えてるんだ？」

久米は、何のことかわからず、目をぱちくりさせた。

関本刑事課長は興奮した様子で、さらに言った。

「どう落とし前をつけるつもりだ」

久米は、関本刑事課長の剣幕に驚き、尋ねた。

「どうしたというんだ」

「どうしたもこうしたもない」

関本刑事課長の態度に腹が立ってきた。関本は同じ警部だが、久米よりも三歳年下だ。目上の者にはそれなりの敬意を表するべきだ。

「ちゃんと説明してくれないと、わからないじゃないか。突然やってきて、落とし前をつけるの何のと言われても、どういうことなのかわからない」

「知ってて、すっとぼけてるんだろう」

「おい、そういう態度だと、俺だって頭に来るぞ。何でそんなに熱くなってるんだ？ちゃんと説明したらどうだ」

「地域課のばかが、犯人に職質かけて、そのまま取り逃がしたんだ。知らないとは言わせない」

久米は再び驚いた。

「それは、何の話だ？」

「シラを切るのもいい加減にしろ。しらばっくれたって、責任を逃れることはできないぞ」

つい、久米も声を荒らげた。

「何の話かわからんと言ってるんだ。ちゃんと説明しろ」

関本は、大きく息をついてから、ようやく声のトーンを落とした。

「本当に知らないのか？」

「だから、何の話だと訊《き》いてるんだ」

「やっぱり地域課は、連絡がいい加減なんだな。こんな重要なことが、まだ課長のところに上がってきていないなんて……」

周囲にいた地域係員が、仕事の手を止めて関本刑事課長に注目した。たしかに、聞き捨てならない一言だった。

「地域課は連絡がいい加減だって？　ふざけたことを言ってもらっちゃ困る。どの部署よりも、連絡については徹底している」

「だが、まだあんたは、今日起きた重要な出来事の報告を受けていない」

「そういうことだってある。その重要な出来事とやらを、あんたの口から聞きたい」

「緊配《きんぱい》を知っているな？」

「ああ、もちろんだ。午後一時頃に通信指令センターからの指示を確認した。それから一時間ほどで解除になったはずだ」

現在は午後二時半だ。つまり、三十分ほど前に解除になっている。

緊急配備の中核を担《にな》うのは地域課だ。各班には、緊急配備の際の配置が細かく決められており、発令とともに、受け持ちの場所に急行する。

緊急配備は、集中一号配備とも言う。

今日は、空き巣の犯人が逃走したとのことで、緊配がかかった。

通常、空き巣で緊配がかかることはない。今回はちょっと特殊な事案だった。留守宅だと思って犯人が侵入したところ、帰ってきたその家の住人が犯人と鉢合わせしたのだ。

その家の主人で年齢は七十五歳だ。妻と一緒に買い物に出かけて、財布を忘れて取りに戻ったところで、犯人を発見したらしい。

幸い、居直り強盗にはならなかったものの、住人が驚いている隙《すき》に、犯人が逃走した。

住人がすぐに一一〇番通報したので、通信指令センターの管理官は、犯人がまだその地域に留まっていると判断して、緊配を指示したのだ。

無線で集中一号配備の指令を聞き、係員たちはすみやかに所定の配置についた。久米はそれをちゃんと確認している。

「あんたんとこのばかが、犯人に職質をかけたんだよ。そして、犯人と気づかずに、そのまま逃がしちまった」

「そういうことか……」

「接触していながら、犯人と気づかないなんて、所詮《しょせん》地域課だな」

「待て、所詮地域課というのはどういう意味だ？」

「緊張感が足りないってことだ。道案内したり、遺失物の取扱いが仕事だから、まあ無理もないか」

　相手が挑発していることはわかっていた。売り言葉というやつだ。わかっていながら、久米は我慢ならなかった。

「俺たちは、地域の治安維持に努めているんだ。事件が起きてからでないと、腰を上げない刑事とは違うんだよ。刑事なんて、死体に群がるウジ虫みたいなもんじゃないか」

　関本は、完全に頭にきたようだった。

「犯人に接触していながら、それに気づかないなんて、緊配の意味がないじゃないか。地域課の眼はふしあなだ」

「ウジ虫にそんなことを言われる筋合いじゃないな」

「あんた、どう責任を取るつもりだ？」

「それも、おまえの知ったこっちゃない」

「犯人をみすみす取り逃がすような係員は、クビにしちまえ」

「それも、おまえに言われる筋合いじゃない。地域課に怒鳴り込んでくる暇があったら、犯人の足取りでも追ったらどうだ」

「言われなくたってやってる。刑事たちは地域課と違って仕事熱心だからな」

「だったら、おまえもここでぐだぐだ言ってないで、仕事をしたらどうだ」

「地域課のチョンボのせいで、片づく仕事も片づかなくなっちまった」

そこに警務課の係員がやってきた。彼は関本に言った。

「ここにおいででしたか」

関本が彼に言う。

「俺に用か?」

「本部の捜査三課の方が……」

関本は苦い表情になって言った。

「わかった。すぐに行く」

それから関本は、久米を睨《にら》みつけた。「部下の不始末をちゃんと処理しとけ。それから、刑事をウジ虫呼ばわりしたことは忘れないぞ」

彼は地域課を出て行った。

久米はすっかり気分を害していたが、部下も関本の言葉に腹を立てている様子だったので、彼らをなだめるためにも、気にしないふりをするしかなかった。

久米は声に出してつぶやいた。

「やれやれだ……」

それから、部下に命じた。「日勤担当の係長を呼び出してくれ」

地域課は、日勤、夜勤、明け番、公休の四交替制だ。

すぐに電話がつながった。

「久米だ。今、どこにいる？」

「窃盗事件があったのはご存じですね？」

「ああ、それで電話したんだ」

「その現場近くの交番にいます」

「係員が、犯人らしい人物に職質をかけていながら、みすみす取り逃がしたということだな？」

「そういうことのようです」

「なぜすぐに報告しない。刑事課長が怒鳴り込んで来たぞ」

「申し訳ありません。本人から詳しく事情を聞いてから、と思いまして……」

「緊配の最中に、職質をかけながら、犯人らしい人物を逃がしたなんて、地域課の恥だぞ。誰がやらかしたんだ？」

「それが……。卒配で研修中の新人なんです」

久米は思わずうなった。

恐れていたことが起きてしまったわけだ。研修中なのだから、あまり厳しく叱るわけにもいかない。しかし、責任は自覚してもらわなければならない。

「本人から話は聞いたのか？」

「はい。しかし、何せまだ半人前ですから……」

「半人前でも警察官は警察官だ」

「では、課長のところに出頭させますか？」

「そうだな……」

久米はしばらく考えてからこたえた。「いや、今署に戻すのはまずい。刑事課長がかんかんだからな」

「では、しばらく交番に待機させておきます」

「そうしてくれ。ところで、どういう経緯でその人物が被疑者だということになったんだ？」

「盗犯係が、侵入の手口から割り出しました。顔写真があったので、それを係員たちのケータイに配布したところ、卒配の新人がその人物を見ていたということが判明しまして……」

「手配写真を配布したのは、その新人が職質をした後なんだな？」

「そうです」

「ならば、ミスとは言えないかもしれない。まだ人相がわかる前だからな」

「それはそうですが、警察官ならぴんとくるところでしょう」

「それには、経験を積まんとな……。本部から三課の刑事が来ているそうだ」

「こういう話が伝わるのは早いですからね」

「わざわざ文句を言いにきたということか？」

「盗犯係によると、かなり名の通った常習犯で、逮捕する千載一遇のチャンスだったということです」

「だからといって、地域係を責めるのはお門違いだろう」

「被疑者に触ったことは事実ですから……」

触るというのは、接触するという意味だ。

話を聞いているうちに、久米は意地でもその新人を守ってやろうという気になってきた。刑事たちは、彼をやり玉に上げようとするかもしれない。

職場実習の期間中に、その新人は刑事課にも二ヵ月ほど行くことになるはずだ。そのときに、刑事たちにいじめられないように、すっきりと事を収めておく必要がある。

さて、どうしたものか……。

久米はそんなことを考えながら、係長に言った。

「本人の様子はどうなんだ？」

「反省しています」

「この件がきっかけで、警察官を辞める、などと言い出さないといいがな……」

「指導担当の巡査部長に、そのへんのことをよく言っておきます」

「卒配とはいえ、そいつは地域課の仲間だ。刑事たちの批判の矢面に立たせるわけにはいかんぞ」

「かばうということですか？」

「そうだ。地域課全体で彼をかばうんだ。そのためなら、俺が関本と全面戦争してもいい」

「了解しました。それくらいの覚悟でおられるということですね」

「覚悟だけじゃない。いざとなったら、本気で喧嘩《けんか》する」

「はあ……」

係長は戸惑っている気配だ。

「卒配は二人だったが、どっちだ?」

「加瀬《かせ》です」

加瀬武雄《たけお》か……。

二人のうち、どちらかというと、気弱そうなほうだ。

「わかった」

久米が電話を切ると、係員が告げた。

「内線が入ってます」

「誰からだ?」

「副署長です」

久米は、貝沼《かいぬま》副署長のすました顔を思い出しながら電話に出た。

「はい、久米です」

「ちょっと来てくれないか」

加瀬の件に違いない。

「副署長席ですか?」

「いや、刑事課にいる」

「わかりました。すぐに行きます」

久米は受話器を置くと、大きく深呼吸をしてから立ち上がった。

2

刑事課長の席の前に、見覚えのある男が二人立っていた。警視庁捜査第三課の捜査員だ。

捜査一課の殺人犯捜査係や強行犯捜査係は、事件ごとに担当をするが、三課の盗犯係は地域ごとに担当がわかれている。

関本を含め、その場にいる全員が立っていた。

貝沼副署長が久米を見て言った。

「話は聞いた。刑事課が悔しがるのも無理はないと思うが……」

久米は言った。

「だからって、いちいち怒鳴り込んでくることはないでしょう」

「事実確認は？」

「しました」

「では、犯人を取り逃がした係員の名前を教えてくれ」

「その必要はないと思います」

関本が、怒りの表情で言った。

「必要があるから言ってるんだよ。俺たちの仕事の邪魔をするやつは、許してはおけない」

久米は、関本に言った。

「俺たちの仕事って、どういうことだ。地域課がよけいなことをしたとでも言うのか？　俺たちは、緊配《きんぱい》の指示に従っただけだ」

「地域課が、『猫抜けのタッ』を見つけたことを、すぐに盗犯係に知らせていれば、今頃身柄を拘束していたはずなんだ」

「『猫抜けのタッ』？」

「空き巣の常習犯だよ。本名は、島原達夫《しまばらたつお》。地域課は、そんなことも知らないのか？」

「ああ。道案内とか遺失物の取扱いに忙しくてな。盗人《ぬすっと》の名前なんて、いちいち覚えていられないんだ」

地域課でも指名手配犯や常習犯の情報は共有している。それらを頭に叩《たた》き込んでおければいいのだが、やることが多くて、なかなかそうはいかない。

専門に事案を追っている刑事たちの知識にかなわないのは当然なのだ。

「『猫抜けのタツ』を取り逃がした係員の名前を教えるんだ」

関本にそう言われ、久米は反発した。

「名前を知ってどうするつもりだ？」

「そんなやつは、どこか遠くへ飛ばしてやる」

「おまえにそんな権限はないと言っただろう」

「だから、こうして副署長に話を聞いていただいている。副署長がその必要ありと判断されたら、署長に伝え、署長が本部の人事二課に話をするだろう」

久米は、貝沼副署長をちらりと見た。貝沼は、いつものように無表情で、何を考えているかわからなかった。

さらに、久米は、関本の「署長」という言葉に反応していた。

竜崎《りゅうざき》署長が、この一件の報告を受けたら、どういうふうに考えるだろう。

人情よりも原則を重んじる人だ。温情を期待することはできない。竜崎署長が、処分の必要ありと考えたら、相手が卒配《そつはい》の新人だろうが、定年間際《まぎわ》のベテランだろうが、迷いなく処分を下すだろう。

そう考えると、絶対に加瀬の名前は出せないと思った。

そのとき、捜査三課の二人組のうち、年長のほうが発言した。たしか、北沢《きたざわ》という名前だ。

「『猫抜けのタツ』はね、その名のとおり、小さな窓から猫がすり抜けるように侵入するのが特徴だ。細身で小柄。生まれつき全身の関節が柔軟なので、それを活《い》かしたシゴトをする。俺たちが、ずっと追ってきたやつなんだ」

北沢は五十代前半だろう。久米とそれほど年齢は違わないはずだ。頭が半白《はんぱく》で、いかにも捜査三課という風貌《ふうぼう》だ。職人のような顔つきなのだ。

隣にいる三十代後半の刑事が、北沢の言葉にうなずいた。

「だからね」

北沢の言葉が続いた。「俺たちは、悔しくてならないんだ。接触をしていながら取り逃がしたってのがね……」

口調は静かだが、関本同様に腹を立てているのがひしひしと伝わってきた。

久米は、改めて思った。

こんなやつらに、加瀬を差し出すわけにはいかない。寄ってたかって血祭りに上げられることになる。

久米は言った。

「言っておきますがね、故意に取り逃がしたわけじゃないんです。職質をかけたってだけのことでしょう？　その係員は、自分の職務をちゃんと果たしたんです。非難されるいわれはありません」

「職務をちゃんと果たしただって？」

関本が噛《か》みついた。「警察官の職務ってのはな、犯罪者を検挙することなんだよ。身柄を確保して初めてちゃんと職務を果たしたことになるんだ。だいたい、地域課ってのは、仕事に対する認識が甘いんじゃないのか？」

久米は言い返した。

「認識が甘いだって？　ふざけてもらっちゃ困る。俺たちはな、地域内のありとあらゆることに二十四時間、気を配っているんだ。事件が起きれば、その端緒に触れる。最初に現着《げんちゃく》するのはたいてい地域係なんだ。緊配がかかれば、やりかけの仕事も放り出して、配置に着く。俺たちがいなければ、現場の保存も初動捜査の段取りも、駆けつけたマスコミの整理もできやしないんだぞ」

関本がさらに言う。

「犯人を逃がすくらいなら、事件に触らないでほしいね」

腹立ち紛れの発言だということはわかるが、それでも久米はこの言葉に我慢ならなかった。

「わかった。じゃあ、今後は刑事課が関わる事案には一切協力しない」

「待て待て」

貝沼が言った。「そんなことが許されるはずがないだろう。警察の仕事が成り立たなくなる」

北沢が貝沼に言った。

「所轄《しょかつ》のミスを、我々がカバーすることになります。それはそれで仕方のないことだと思いますが、所轄でそれなりの責任を取っていただきたいと、我々は考えているのです」

貝沼が表情を曇らせた。

「責任を取るとは、具体的にどういうことです？」

「ですから、それを判断するためにも、犯人を取り逃がした地域課係員に、直接話を聞きたいんです」

貝沼が久米を見た。

「そういうことなんだ。その係員は、今どこにいる?」

「交番で任務中です」

「ここに呼んでくれないか?」

「呼べません」

貝沼の眼が冷ややかに光った。

「そういう態度だと、君にも処分を下さなくてはならなくなる」

警察官は公務員だから、処分が一番恐ろしい。誰もが、何事もなく定年まで勤め上げたいと思っている。

久米もそうだ。だが、ここは譲れないと思った。

「そうなったとしても、いたしかたありません」

関本は、怒りを募らせている。

本部捜査三課の二人も同様だ。そして、貝沼も敵に回りそうな流れだった。

自分がかたくなになっているという自覚があった。だが、加瀬を守ると決めた以上、一歩も退《ひ》けないと、久米は考えていた。

関本の態度も許せない。腹を立てるのはいいが、地域課全体に文句を言うのには我慢ならない。普段から、地域課を軽く見ている証拠だ。

そういう考えは改めさせないといけないと、久米は思った。

そこに、斎藤《さいとう》警務課長がやってきて、貝沼に声をかけた。

「あの……」

「何だ？」

「野間崎《のまざき》管理官がおいでです」

「何だって……。何の用だ」

第二方面本部の管理官だ。口うるさいので有名だ。

「緊配で、窃盗犯を取り逃がした件だと思いますが……」

貝沼の表情が、ますます曇っていく。

「何だって言ってるんだ？」

「どうして、そんな失態を犯したのか、説明しろとおっしゃっています。どうしましょう」

貝沼は、苦い表情のまま言った。

「ここにお通ししろ」

「わかりました」

斎藤警務課長がいったん、その場を離れ、すぐに野間崎管理官を伴って戻って来た。

刑事課にいたすべての係員が、起立して迎える。

野間崎は、挨拶《あいさつ》もなしに貝沼に言った。

「まったく、大森署は何をやっているんだ。どういうことか、ちゃんと説明しろ」

係員たちは、起立したままだ。

貝沼がこたえた。

「今、地域課長から事情を聞こうとしていたところですが……」

「ですが、何だ？」

「ちょっと話し合いがこじれておりまして」

「たかが報告で、なぜこじれるんだ？」

久米は、管理官の登場で、気後れしていた。管理官に、ミスをした係員を差し出せ、と命令されたら、さすがに逆らえないかもしれない。

野間崎が言った。

「君たちじゃ話にならん。署長を呼べ、署長を」

貝沼は、そう言われて覚悟を決めたように近くの受話器に手を伸ばした。

しばらく何事かやり取りした後に、貝沼は電話を切り、野間崎に言った。

「用があるなら、そちらから来て下さい。そうお伝えするように、とのことです」

野間崎は舌打ちした。

「まったく、あの署長は……。わかった。署長室に移動する。関係者は全員同行しろ」

そう言うと、彼は足早に歩き去った。貝沼が慌《あわ》ててそのあとを追う。

さらに、関本、二人の三課の刑事、そして久米が続いた。

3

竜崎伸也《しんや》署長は、いつものように判押しをしながら、一行を迎えた。

野間崎が竜崎に言う。

「その態度は、何とかならないんですかね」

「何のことです？」

「判押しをしながら話をすることです」

「時間を無駄にしたくないのでね。それで、何の用です？」

「あなたのところの地域課の係員が、緊配《きんぱい》の最中に、被疑者に職質をかけながら、そのまま取り逃がしたのです。これは、ゆゆしき問題です」

竜崎は、相変わらず判押しをしながら生返事をする。

「ほう……」

「ほう、って……。言うことはそれだけですか？」

竜崎は手を止めて顔を上げた。署長室に集まった面々を順に見て行く。そして言った。

「それで……？」

貝沼が説明した。

「刑事課長は、地域課の責任を追及したいと言っております。一方、地域課長は、当該の係員の氏名すら教えようとしません」

関本が発言した。

「被疑者は、本部三課が長年追いつづけて来た常習犯です。それを、接触しておきながら、みすみす逃がしてしまったのです。これは、どんな説明をしても、言い逃れはできません」

竜崎署長がもし、その説明に納得したら、加瀬をばっさりと切り捨てるだろう。合理主義の塊のような人だ。

久米は、反論を試みることにした。

「捜査三課および刑事課が、被疑者の顔写真を配布したのは、当該係員が被疑者に職質をかけた後のことなのです。地域課係員の責任を問うというのは、間違っていると思います」

北沢が発言する。

「所轄《しょかつ》のミスですから、所轄でしっかりと処理していただきたい。関本課長が言われたように、『猫抜けのタツ』は、我々が何年も追いつづけている常習犯なのです」

さらに野間崎が言った。

「大森署の失態です。ちゃんと責任を取ってもらいましょう」

竜崎署長は、無言でみんなの発言を聞いていた。戸惑っているようにも見える。

関本、北沢、野間崎の三人は、憤然とした表情で、竜崎の言葉を待っていた。

やがて、竜崎が言った。

「君たちは、いったい何をやっているんだ？」

戸惑っているのではなかった。本当に理解ができない、という表情だったのだ。

野間崎がこたえた。

「何をやっているって、どういう意味ですか？」

竜崎がさらに言う。

「ここで、あなたたちが何をやっているのか、私には不思議でならないのです」

「だから、私たちは……」

竜崎は、その野間崎の言葉を遮《さえぎ》った。

「あなたたちがやるべきなのは、被疑者を確保することでしょう。誰かの失敗を非難することでも、責任を追及することでもない」

関本は、はっとしたような表情で竜崎を見つめていた。

北沢も同様だった。

野間崎だけが、食い下がろうとした。

「しかしですね、失態は失態です。こういうことを見過ごしていると、さらに大きな失敗に繋《つな》がりかねません」

「警察官が職質をしたことの、どこが失態なんです？」

「職質の相手は、犯行直後の窃盗犯だったんですよ」

「久米課長によると、その被疑者の顔写真が配布されたのは、職質の後だったそうじゃないですか。だったら、久米課長が言うとおり、失態というには当たらない」

さすがの野間崎も、それ以上の反論はできないのか、押し黙ってしまった。

竜崎が言った。

「最後に被疑者を見た警察官は、その地域課の係員なんだな？」

関本と久米は一瞬顔を見合わせた。関本がこたえた。

「そうです」

「ならば、その係員から情報を得るのが先決だろう。逃走路の手がかりがつかめるかもしれない」

野間崎や北沢は、気まずそうな顔をしている。関本も、叱《しか》られたような表情だ。重苦しい雰囲気になった。

その空気を変えるように、貝沼が言った。

「署長がおっしゃるとおりだ。その係員は、何か手がかりになるようなことを思い出せるかもしれない」

竜崎が言った。

「その係員はどこにいる？」

ここは、正直にこたえるしかないと、久米は思った。

「現場に一番近い交番にいます」

関本が言った。

「話を聞こう」

久米は関本に確認するように尋ねた。

「吊《つる》し上げるためじゃなくて、あくまで情報を得るためだな？」

「誰も吊し上げるなんて言ってないだろう」

「おまえさんは、それをやりかねない態度だったんだよ」

関本がしかめ面《つら》になった。どうやら、急に怒りが冷めてしまったようだ。先ほどまでの自分の剣幕を恥じているのだろう。

「手がかりになるようなことがないか、事情を聞く。それだけだ」

そのとき、竜崎が言った。

「私が話を聞こう」

貝沼が驚いたように言った。

「署長が直接ですか？」

「君たちに任せると、また責任を取れ、などと言い出しかねないからな」

今や野間崎も北沢も、すっかり毒気を抜かれた顔をしている。

彼らが、責任を取らせると息巻いていたのが嘘《うそ》のようだ。竜崎の言葉は、まるで魔法だ。

久米はそう感じていた。

署長室にやってきた加瀬は、見ていて気の毒なくらいに緊張していた。

無理もない。課長と管理官に囲まれ、署長の前に立っているのだ。

「卒配の職場実習中か……」

久米が加瀬を竜崎に紹介すると、関本がつぶやいた。

竜崎が質問を始めた。

「緊急配備中に、君はある人物に職務質問をした。その事実に間違いはないね？」

加瀬は、気をつけをしたままこたえた。

「はい、申し訳ありません」

叱責《しっせき》されるものと、覚悟してやってきたのだろう。緊張しているのは、そのせいもあるはずだ。

「謝る必要はない。私は、事実を確認しているだけだ」

「ご指摘のとおり、職質をいたしました」

「その場所は、窃盗の現場とどれくらい離れていた？」

「五百メートルほどだと思います」

「五百メートルというと、徒歩で十分以内だな？」

「はい。急げば五分、ゆっくり歩いて十分ほどだと思います」

「君が職質をかけた時刻は？」

「十三時十五分です」

「間違いないな？」

「はい。記録しておりましたから……」

「緊配の発令は何時だ？」

「自分が一号配備を命じられたのは、十三時五分です」

竜崎は、捜査三課の北沢に尋ねた。

「どう思う？」

「『猫抜けのタツ』は、十分ほどかけて犯行現場から職質された場所に移動したことになりますね。つまり、ゆっくりと歩いていたんです。やつは、筋金入りのプロですからね。現場から急いで歩き去ると、怪しまれるということを知っているんです。散歩でもしているように装《よそお》っていたのでしょうね」

竜崎が言った。

「なのに、加瀬は職質をかけた。それには理由があったはずだ。なぜ、職質をかけたんだ？」

加瀬がこたえた。

「ちょっと、違和感がありまして……」

「違和感？　どんな違和感だ？　具体的に説明してくれ」

加瀬は、気をつけをしたまま考えていた。それを見て、竜崎がちょっとだけ顔をしかめた。

「考えることに集中するんだ。気をつけなんてしていなくていい」

「は……」

加瀬は、一瞬どうしていいかわからない顔をしたが、休めの姿勢になって肩の力を抜いた。

「どうして、君は、その人物に違和感を覚えたんだ？」

「服装と所持品が、ちぐはぐだと感じたのです」

「その人物は、どんな服装で、何を持っていたんだ？」

「黒いトレーニングウエアを着ていました。今流行《はや》りのシャカシャカ音がする素材ではなく、いわゆるジャージという伸縮性の素材のトレーニングウエアです。それに底の薄い昔ながらのバスケットシューズをはいていました。なのに、革製のクラッチバッグを抱えていたんです。妙な組み合わせだと思いました」

北沢が言った。

「ジャージに旧式のバッシューは、『猫抜けのタツ』の仕事着です」

竜崎が北沢に尋ねた。

「クラッチバッグは？」

「仕事のときに、何か手にしているとは思えませんね。なにせ、小さな窓や門の隙間《すきま》なんかをすり抜けるんですから……」

関本刑事課長が言った。

「盗まれた物の中に、クラッチバッグがあります。おそらくそれでしょう」

加瀬は、初任教養を終えたばかりにもかかわらず、一目で怪しいと感じて、職質をかけたのだ。

それだけでもたいしたものだと、久米は思った。そうした眼が養われるまで、何年もかかる者もいる。

いや、結局、そうした捜査感覚が身に付かずに退官を迎える警察官だっているのだ。

竜崎の質問が続いた。

「職質の後に、その人物は、どちらに向かって歩いて行ったんだ？」

「南西の方角です」

竜崎が久米に尋ねた。

「加瀬が職質をした場所から、南西の方角に鉄道の駅や幹線道路は？」

「最寄りの駅は、京急《けいきゅう》大森町駅になりますが、別方向ですね。南西方向に東急池上線の池上駅がありますが、歩くと二十分以上かかると思います。幹線道路は、第二京浜まで歩いてやはり二十分ほど。環八までも、同じくらいです。……というか、緊配がかかっていますから、付近の駅には警察官が張り付いていますし、タクシーからの情報も募っています。もし、被疑者が鉄道やタクシーを利用したら、網に引っかかると思います」

「では、潜伏できるような施設はないか？」

「住宅街ですから、サウナもネットカフェもありませんね。もちろんホテルやラブホテルもありませんし……」

北沢が言った。

「たしかに、『猫抜けのタツ』くらいになると、緊配が解ける頃合いを心得ていますから、それまでどこかに潜伏しているということは考えられますね……」

久米は言った。

「鉄道の駅の方面に向かったというのなら、それも充分に考えられます。ネットカフエやサウナもありますから。しかし、加瀬が言うには、被疑者はその逆方向に向かっています」

竜崎が質問する。

「『猫抜けのタツ』をかくまうような仲間が、この近くにいるということは考えられないか？」

「あの……」

そのとき、加瀬がおずおずと発言した。上司たちの注目を集めて、慌《あわ》てた様子だ。

竜崎が言った。

「何だ？　言ってみなさい」

「職質をしたのには、もう一つ理由があったんです」

「どんな理由だ」

「見覚えがある気がしたんです」

「過去に見かけたということか？」

「はい。手配写真か何かで見たのかと思っていましたが、今思い出しました。過去の巡回中に、たしかに見かけたことがありました」

「どこで見かけた？」

「大森西七丁目のアパートの付近です」

それを聞いて、北沢がはっと気づいたように言った。

「窃盗のプロは、綿密に下見をします。家族構成とか、住人の生活パターンを調べるのです。それなりに時間をかけるので、仕事を始める前に近くにヤサを作ってしばらく滞在することもあります」

関本刑事課長が言った。

「そのアパートにヤサを確保している可能性がある」

竜崎が言った。

「すぐに手配しろ」

久米は、加瀬からそのアパートの詳しい所在地を聞き出す。関本が携帯ですぐに盗犯係長に連絡を取った。

捜査員をそのアパートに急行させるのだ。さらに関本が、久米に言った。

「逃走に備えて、周囲を固める必要がある」

久米はうなずいた。

「地域課の係員を配置する」

さらに、加瀬に言った。「当該アパートを確認する。おまえは、現場に急行しろ」

加瀬は気をつけをしてこたえた。

「了解しました」

加瀬は竜崎に最敬礼をしてから退出していった。続いて、刑事たちも署長室を去って行った。

「とにかく、ヘマはしないでください」

そう言い置いて、野間崎も去って行く。それに貝沼が続いた。

最後に残った久米は、竜崎に言った。

「ありがとうございました」

竜崎は怪訝《けげん》な顔をした。

「礼を言われるようなことは何もしていない」

「いえ、言わせてください。一人の警察官が救われました」

「訳がわからん」

竜崎は、すでに今までの出来事には関心がないという態度で、判押しを始めた。

久米も、加瀬同様に深々と一礼して、署長室を出た。

それから約二十分後、『猫抜けのタツ』こと、島原達夫の身柄が、大森西七丁目のアパートで確保されたという知らせが入った。

北沢や関本が言ったとおり、彼は、下見のためにアパートを借りて、そこにしばらく滞在していたのだ。こうやって拠点を移しながら仕事を続けていく窃盗犯は少なくない。

ヘマをやったと非難されていた加瀬が、一転して手柄を立てた形になった。これも竜崎署長の魔法だと、久米は思った。

『猫抜けのタツ』を一目見たときに、違和感を覚え、職質をした加瀬の警察官としての感覚はたしかに悪くない。

褒めてやろうかとも思った。いや、ここは、手綱《たづな》を弛《ゆる》めるべきではない。あえて、何も言わず、初任補修教養を終えて戻って来るのを待つべきだ。

あらためて地域課に配属になり、また手柄を立てたときには、おおいに褒めてやろう。

久米はそう思った。

その翌日、関本刑事課長が、また久米の席にやってきた。

前日とは打って変わって、照れ臭そうな顔をしている。

久米は、わざと声を掛けられるまで黙っていた。

「ちょっといいか？」

「何の用だ？」

「地域課の協力のおかげで、窃盗犯の大物を捕まえることができた」

「それで……？」

「いや、それを一言、言っておかなければならないと思ってな……」

「地域課は仕事に対する認識が甘いから、刑事課の事案には、今後、手を出さないことになったんだよな」

関本は、困り果てた表情になった。

「いや、何と言うか……。刑事ってのは、ホシに逃げられると、どうしようもないくらいに腹が立っちまうんだ……」

「だから、何だ？」

関本は、溜《た》め息をついてから言った。

「わかってるんだろう。謝りに来たんだよ」

そろそろ許してやろうか。

久米はそう思った。

でないと、噴き出してしまいそうだ。

「少しは地域課に敬意を払ってくれるということだな」

「敬意は払っているんだよ。昨日言ったことは、本意じゃない」

「いいだろう。だが、和解するには、一つ条件がある」

「何だ？」

「俺は、立場上、あまり加瀬に甘い顔はできない。だから、おまえさんから、一言褒めてやってくれないか」

関本はうなずいた。

「了解だ。どうせ、この後、二ヵ月ほどあいつを預かることになるんだからな」

「頼んだぞ」

関本はうなずき、立ち去ろうとしてふと立ち止まり、言った。

「あんたは、部下を育てるのがうまいな」

久米は言った。

「おまえさんは、部下を使うのがうまい」

関本は、再びうなずき、歩き去った。

どんなにいがみあっても、結局は同じ署の仲間だ。互いに頼りにしていることは間違いない。

そして、それを一番よくわかっているのは、竜崎署長ではないか。

久米はそんな気がしていた。

検挙

1

小松茂《こまつしげる》は、会議の席上で、関本《せきもと》刑事課長の話をぼんやりと聞いていた。

検挙数と検挙率のアップ。

これまで幾度となく聞かされた話だ。

小松は、強行犯係長だ。盗犯係や知能犯係は、ちょっと努力すれば検挙数は上がるだろう。

物的証拠や証言が得やすいので、比較的検挙しやすい。検挙数を上げようとすれば、それだけ忙しくなるが、結果もついてくる。

だが、強行犯係や、マル暴と呼ばれる組対《そたい》係などは、なかなか成果を上げられない。

強行犯係は、殺人、強盗、放火、強姦《ごうかん》など、重要事件を捜査する。

事案の発生件数自体が、盗犯係などに比べると少ない。殺人や強盗など、そうしょっちゅう起きたら物騒でしょうがない。

そして、重要事件については、捜査本部ができることが多い。そうなると強行犯係員たちは、捜査本部に縛りつけられてしまう。

すると、かかえている継続事案を棚上げにするしかないのだ。

組対係は、日常の情報収集が何より大切だ。暴力団など反社会的な組織の動向を把握するのが主な任務だ。

暴対法違反で、組員やその周辺の人々を引っぱることはできるだろうが、それがかえって情報収集を阻害することもある。

組員を、ある程度泳がしておくことも必要なのだ。

関本課長も、そのへんの事情は充分に理解しているはずだ。だから、検挙数・検挙率アップというのは、たてまえに過ぎないと、小松は思っていた。

上からの通達を、そのまま伝えただけに違いない。実質的に結果を期待しているわけではないだろう。そう高をくくっていた。

会議が終わり、係長たちが会議室を出て行く。

小松も席を立った。そのとき、関本課長に呼び止められた。

「小松と新庄《しんじょう》は残ってくれ」

新庄は、組対係の係長だ。二人は顔を見合わせた。

小松は、再び腰を下ろすと、関本課長の言葉を待った。

「盗犯係や知能犯係は、検挙数や検挙率についてはこれまでも成果を上げている。問題は、強行犯係とマル暴だ」

小松は眉《まゆ》をひそめた。

関本課長の言葉が続いた。

「すぐに検挙数や検挙率を上げろと言われても、難しいのはわかっている。だが、警察庁は、特に重要事件の検挙率を上げることを求めている」

小松は言った。

「待ってください。殺人や強盗といった重要事案の検挙率は、現時点でもかなりの高率のはずです。最近検挙率が落ちてる、などと言われるのは、万引きや自転車窃盗などが増えているせいで……」

「わかっている」

関本課長が言った。「しかし、マスコミが真っ先に飛びつくのは、強行犯や暴力犯なんだ。それで、少しでも検挙に手間取れば、あれこれと批判される」

新庄が言った。

「マスコミのことなんて気にしちゃいられませんよ。好きに言わせておけばいいんでたいていのマル暴がそうだが、新庄も暴力団員と間違われるような見かけをしている。

関本課長は新庄を見据えて言った。

「俺たちが気にしなくても、警察庁は気にするんだ」

新庄は、鼻白んだ様子で押し黙った。

関本課長の言葉が続いた。

「たいへんなのはわかるが、何とか成果を上げてほしい。検挙数・検挙率のアップは、警察庁の方針なんだ。とにかく、結果を出してほしい」

小松は言った。

「それは、たてまえの話じゃないんですか……」

「全国の警察本部、そして、警察署に対する通達だ。たてまえではなく、実際の結果が求められている」

「承っておきますが……」

小松は、新庄の顔を見た。新庄は、憤懣《ふんまん》やるかたないという顔をしている。

「話は以上だ」

課長が席を立ったので、小松と新庄も立ち上がった。

「どうしたもんかな……」

関本課長が会議室を出て行くと、小松は新庄に言った。新庄は、ふんと鼻を鳴らして言った。

「どうせ、喉元《のどもと》過ぎれば熱さを忘れる、だ。いつもどおり仕事をしてりゃいいんだよ」

「警察庁《サッチョウ》のお達しで、課長から話があったということは、竜崎《りゅうざき》署長も承知の上ということになるな」

「竜崎署長か……」

新庄が渋い顔になった。「あの人は、合理性の塊のような人だから、数字にはうるさそうだな」

「そうかな……」

「少なくとも、義理や人情なんかよりも、数字を重視するんじゃないか」

「確かに……。キャリアで、もとは警察庁の長官官房にいた人だからな」

「刑事部長とツーカーなんだろう？　だったら、署長も、検挙数・検挙率アップ推進派に決まってるだろう」

「部下が何と言うかなあ……」

小松は、憂鬱《ゆううつ》になってつぶやいた。新庄が出入り口に向かった。

「俺たち中間管理職は、上から言われたことを下に伝えるしかないんだ」

小松は、溜《た》め息をついていた。


強行犯係の島に戻ると、小松は課長の指示を係員たちに伝えた。

珍しく今日は、全員が顔をそろえている。伝達事項があるからと、集合をかけても、たいていは誰かが欠けている。

それだけ皆、多忙なのだ。

検挙数・検挙率アップの件を伝えると、ベテラン係員が言った。

「それは盗犯や知能犯なんかの話でしょう？」

小松はこたえた。

「ところがそうじゃないんだ。警察庁《サッチョウ》は、重要事件の検挙数・検挙率を問題にしている」

「そんなの絵に描いた餅《もち》でしょう。簡単に検挙数や検挙率を上げられるはずがない」

「やれと言われたら、やらなきゃならないのが警察官だ」

すると、戸高善信《とだかよしのぶ》がぼそりとつぶやいた。

「上にばかがいると、とんでもないことになるな……」

戸高は、勤務態度が悪い。集合をかけても欠席するのは、たいてい戸高だ。刑事は二人一組で行動するのが原則だが、戸高は相棒を放っておいて、単独行動することが多い。

仕事をする振りをして、平和島の競艇場によく行っているという噂《うわさ》も聞く。

それでも、刑事としての嗅覚《きゅうかく》はたいしたもので、彼が検挙した被疑者や手配犯は枚挙にいとまがない。

そうした実績があるので、課長も勤務態度については多少目をつむろうと考えているようだ。

癖のあるやつだが、強行犯係だけでなく、刑事課内でも、なぜか人気がある。実は、小松も頼りにしているのだ。

小松は戸高に言った。

「そういうことを言うもんじゃない」

「現場を知らないばかな官僚に音頭《おんど》を取らせると悲惨なことになりますよ。太平洋戦争の末期がいい例だ」

「俺たちは、上が出した方針に従うしかないんだ。課長からは結果を出せと言われている」

「やれと言われればやりますが、どんなことになっても知りませんよ」

小松は、その言葉を軽く考えていた。

その翌日、小松は、署内の様子が少しおかしいと感じた。妙にざわついている。

何事だろうと、周囲を見回した。

やけに署内に人が多いような気がする。

突然、廊下のほうから怒鳴り声が聞こえた。

「俺が何したって言うんだよ」

小松は立ち上がり、様子を見に行った。

強行犯係の係員が二十代の若者の腕を取ってどこかに連れて行こうとしている。

小松は尋ねた。

「何だ？」

「ナイフを所持していたので、検挙しました」

「ナイフ……？」

若者が言った。

「ナイフったって、小さなスイスアーミーのナイフだよ。これ、銃刀法には違反していないはずだよ」

たしかに、刃体の長さが八センチを、また幅が一・五センチを、厚さが〇・二五センチを超えず、開刃固定機能のない折りたたみ式のナイフは、携帯が認められている。

若者の身柄を引っ張って来た係員が言った。

「銃刀法には違反しなくても、軽犯罪法で引っ張れるんだよ。危険防止の観点から、ナイフの携帯は厳しく取り締まることになっているんだ」

若者が抗議した。

「そんなばかな……。これ一本持ってるだけで、ずいぶん便利なのに」

「刃物はすべて危険物と見なすんだ。さあ、詳しく話を聞くから、こっちへ来るんだ」

係員は若者を引っぱって行った。取調室を使うのかもしれない。

確かにナイフ等の刃物の携帯については、取締が厳しくなっている。それも、上からの通達だ。

刃物による通り魔的な犯罪が増えたことを受けての措置だ。

係員が言ったとおり、銃刀法に違反していなくても、軽犯罪法で検挙しようという方針になったのだ。

実は、これについては、小松もどうかと思っている。

昔、子供たちは「肥後守《ひごのかみ》」と呼ばれる折りたたみ式のナイフを持ち歩いていた。若者が言ったとおり、ナイフは便利な道具なのだ。

子供たちは肥後守で鉛筆を削ったり、竹とんぼなどの玩具《おもちゃ》を作ったものだ。ナイフの使用法は生きていくための技術だ。武器と決めつけるのは間違っている。

だが、昨今は刃物による殺傷沙汰《ざた》が目立つのも事実だ。警察としては、何か手を打たなければならないのだ。

手っ取り早いのがナイフの携帯や所持を取り締まることだ。

刃物を取り上げるというのは、獣から牙《きば》を抜くようなものだ。獣そのものを飼い慣らすのが難しいから安易な方法を選んだとも言える。

本来は、獣を飼い慣らしたり、危険な獣を管理する方法を考えなければならないのだと、小松は考えている。

しかし、実際には、そのような方策が見つからないのも事実だろう。目くじらを立てるほどスイスアーミーのナイフは便利な道具で、男心をくすぐる。

のものではないだろうというのが、小松の本音だ。しかし、上の方針には逆らえない。

席に戻ろうとしていると、別の強行犯係員が、中年男を引っ張って来た。

小松は尋ねた。

「どうした？」

「公務執行妨害です」

男が憤然として言った。

「待ってくださいよ。俺は何にもしていないんですよ」

きちんと背広を着た、ビジネスマン風の男だ。

小松は係員に尋ねた。

「公務執行妨害って、具体的にはどうしたんだ？」

「公園のベンチにいたので、職質をしました。ちゃんとこたえようとしないので、立ち上がるように言ったら、俺を突き飛ばそうとしたので、身柄を拘束しました」

男が言った。

「勘弁してください。取り引き先との約束の時間までしばらく間があるので、ベンチで時間を潰《つぶ》していただけなんですよ」

小松は再び係員に訊《き》いた。

「挙動不審だったのか?」

「午前中から、ベンチにぼうっと座っていたんです。何をしているのか、声をかけてみたくなるじゃないですか」

まあ、それが警察官というものだ。

「ちゃんとこたえようとしなかったって……」

「ここで何をしているのかと尋ねたら、ちゃんとこたえなかったんです」

中年男が抗議した。

「こたえられませんよ。何もしてなかったんですからね。時間を潰していただけなんだ。これから、取り引き先に行かなきゃならないんです。勘弁してくださいよ」

小松は係員に言った。

「それで、どうするつもりだ?」

「とにかく調書だけは取りますよ」

「わかった」

ビジネスマン風の中年男は、怒りの表情で言った。

「こんな横暴が許されるのか。警察はいったい何を考えているんだ」

「いいから、こっちへ来るんだ」

彼らも取調室に向かった。

公務執行妨害は、警察官にとっては便利な罪状だ。かつて、学生運動が盛んな時代、公安捜査員たちは、活動家を検挙するのに、「転《ころ》び公妨《こうぼう》」という手法を使った。

二人組の公安捜査員が、活動家と思《おぼ》しき人物に職務質問をする。いきなり、一人の捜査員が「わっ」と叫んで転ぶ。もちろん、相手は何もしていない。

すかさず、もう一人の捜査員が大声で言う。

「突き飛ばしたな。公務執行妨害の現行犯で逮捕する」

そうして、身柄を引っぱるわけだ。

これが、悪名高き「転び公妨」だ。

小松は、それを思い出していた。いい気分ではなかった。

あの時代、公安も必死だったのだと思う。必死だったら何をやってもいいのかと言われたら、小松はこたえようがない。

今の係員に、ちゃんとした言い分はあるのだろうか。それを考えると、ちょっと気分が重くなった。

席に戻り、腰を下ろすと、今度は刑事課の室内で、わめき声が聞こえてきた。中年女性の声だ。

買い物途中の主婦といった見かけの女性が、やはり強行犯係員に食ってかかっていた。

「何で私が警察に連れて来られなきゃならないんですか」

ベテランの係員が応対している。彼が言った。

「まあ、ちょっと調書を取るだけだから、協力してください」

「なんで調書を取られなきゃならないんです？　私拇印《ぼいん》なんて押しませんよ」

「ほう……。そうなると、ちょっと面倒なことになるかもしれませんよ」

これは恫喝《どうかつ》とも取れる。

万引きか何かだろうか。いや、万引きを強行犯係の者が検挙するはずがない。小松はまた席を立ち、ベテラン係員と主婦らしい中年女性が向かい合ってかけている席に近づいた。

「どうした？」

「あ、係長。刃物の携帯です。刃物の長さが、十八センチ、幅は四センチ、刃の厚さは〇・三センチ。れっきとした銃刀法違反の疑いです」

中年女性が言った。

「あなた、係長さん？　ねえ、これって絶対おかしいわよね。何とかしてくれません？」

「どういうことなんですか？　刃物を携帯していたって……」

「スーパーで包丁を買ったんですよ。包丁を買ったら捕まるんですか？」

小松は驚いて、ベテラン係員に言った。

「いったい、どういうことだ？」

「どういうことも何も……。銃刀法に抵触する疑いがあるじゃないですか」

小松は信じがたい思いで言った。

「買い物だろう。自宅で使う包丁をスーパーで買ったというだけのことだ。それが銃刀法に違反するとしたら、刃物を売り買いすることもできなくなる」

「しかし、この女性が所持していた刃物は、明らかに携行が許される刃物の範疇《はんちゅう》を超えています」

「本気で言っているのか？　規定を超えた刃物であっても、『業務その他正当な理由』があれば携行できることになっているじゃないか」

「この女性が刃物を所持していたのが、『業務その他正当な理由』によるのか、調べが必要です。さあ、調書を取ります。いいですね？」

「いくら何でも、これはおかしい。すぐに謝罪してお帰りいただきなさい」

ベテラン係員は、むっとした顔で言った。

「私の仕事にケチをつけるんですか？」

「まともなことをやっている限りは、ケチなどつけないよ。いいから、お帰りいただくんだ。ちゃんと謝罪しろ」

小松はそう言い放ち、席に戻った。

いったい、みんなどうしちまったんだ……。

そう思い、もう一度周囲を見回した。

やけに人が多いと思ったのだが、どうやら検挙されて身柄を引っぱられた人が、ここかしこにいるからだと気づいた。

まさか……。

小松は席を立ち、留置場に向かった。

やっぱりか。

小松は、留置場の前で立ち尽くしていた。

「あ、小松係長……」

留置管理課の若い係員が、厳しい表情で声をかけてきた。「いったい、どうなっているんですか」

「留置場が満杯なんだな？」

「昨夜から、おたくの係員がやたらに引っぱってくるんですよ。留置場だけじゃ足りなくて、保護室も使っているんですが、そっちも一杯です」

保護室は、通称「トラ箱」だ。酔っ払いなど、要保護者が収容される部屋で、一般に留置場と混同されているが、警察署では厳密に区別されている。

要保護者を留置場に収容などしたら、警察が逮捕・監禁の罪に問われることになりかねない。

署内がざわついて感じられたのは、留置場や取調室をはじめ、署内に検挙された人があふれていたからだ。

「ちょっと……」

留置場の中から、男が声をかけてきた。「話が聞こえたんだけど、あんた、係長だって？」

「そうです」

男は、赤い眼をしていたが、身なりはきちんとしていた。背広を着てネクタイをしている。

「早くここから出してくれ。でないと、警察を訴えるぞ」

「訴える……？」

小松は動揺して、留置管理課の係員を見た。彼は小松に言った。

「器物損壊で引っぱられてきたんです」

「誰が引っぱった？」

「おたくの係員ですよ」

留置場内の男が言った。

「たしかに、俺は昨夜酔っ払っていた。ふらついて、歩道に出ていた飲み屋の看板にぶつかった。むっときて、その看板を蹴《け》ったんだ。酔ったときは、誰だってそれくらいのことはやるだろう」

「たしかにそうですね……」

そうこたえるしかなかった。場合によっては、この男は本当に大森署を訴えるかもしれないと思った。

留置管理課の係員が、小松に言った。

「何とかしてください。留置場も保護室もパンク状態です」

「何とかしろと言われても……」

「刑事課でいったい何があったか知りませんけどね、たしかに強行犯係の検挙数が異常なんですよ」

そのとき、小松は、戸高のことが頭に浮かんだ。

「やれと言われればやりますが、どんなことになっても知りませんよ」

彼はそう言った。そのときから、何かを企《たくら》んでいたに違いない。

小松は席に戻ることにした。背後から、留置場の中の男の声が聞こえた。

「絶対に訴えてやるからな」

2

席に戻ると、小松は戸高の携帯電話にかけた。

「はい、戸高」

「小松だ。いったい、何をやった？」

「何のことです？」

「昨夜から留置場やトラ箱が満杯だそうじゃないか。取調室も一杯だ。署内のあちらこちらで調書を取っている」

「調書を取るのは普通のことでしょう」

「その数が普通じゃないんだ。いったい、どういうことなんだ？」

「俺に言われても知りませんよ」

「とにかく話が聞きたい。すぐに署に戻って来い」

「係長、俺は忙しいんですよ。なにせ、検挙数・検挙率アップですからね。署には戻れません。じゃ、失礼しますよ」

「こら、ちょっと待て……」

電話が切れた。

上司からの電話に、こんな対応をするのは、戸高くらいのものだ。

さきほど、スイスアーミーのナイフを携行していた若者を検挙した係員が、席に戻ってきた。

小松は彼を呼んで問い詰めることにした。

「戸高に何を言われた？」

係員は、きょとんとした顔になった。

「何の話です？」

「とぼけるな。どうも、うちの係員たちの様子がおかしい。戸高が裏で糸を引いているとしか思えない」

「係長、何か勘違いされていませんか？　自分ら、まじめに仕事をしているだけですよ」

「スイスアーミーナイフを持っているやつを引っぱってくるよりも先に、やるべきことがあるだろう」

「やるべきこと？」

「おまえは、不審火の件を追っていたんじゃないのか？」

「ああ、あれ、事件にしないことにしました」

「何だって……？　どういうことだ？」

「目撃情報がまったくないんですよ。放火だっていう証拠もないし、その後、火事の報告もない……。そういうわけで、事件扱いしないことにしました」

小松はあきれた。

「それでいいのか？」

「担当者のことを信じてくださいよ」

「いや、やはり不審火の件は気になる。継続して捜査してくれ」

「継続ですか？　いや、それはできませんね」

小松は驚いた。

「できない？　どういうことだ？」

「他にもやることが、たくさんありますからね」

小松は、溜《た》め息をついた。

「やっぱり、戸高が一枚嚙《か》んでるな？」

「だから、裏で糸を引いてるとか、一枚嚙んでいるとか、いったい何のことをおっしゃっているのですか？　自分にはさっぱりわかりませんね」

腹が立ったが、この係員を怒鳴りつけても仕方がない。とにかく、戸高から直接話を聞かなければならない。

小松は、目の前の係員に言った。

「行っていい。だが、不審火の件は、継続捜査してくれ」

係員は返事をせず、ただ礼をしただけだった。

そのうち、署内にいる一般人が、検挙された人々だけではないことがわかってきた。抗議にやってきた人も少なからずいるのだ。ある係員が、そうした一人と向かい合っていた。

四十代の男だ。背広にネクタイというビジネスマン風の恰好《かっこう》だ。彼は、怒りの表情でまくしたてている。

係員は、のらりくらりと抗議をかわしているように見える。

小松は気になって、彼らに近づいた。

「どうしたんだ？」

小松が声をかけると、係員がこたえた。

「殴られて、眼鏡を壊されたとおっしゃるんですよ」

「それで……？」

「傷害罪と器物損壊で訴えると言われるんです」

「当然だろう」

「地域課が受理して、こっちに回してきたんですが……」

「何か問題があるのか？」

「大ありですよ。街中の喧嘩《けんか》ですよ。その告訴をいちいち取り上げていたら、こっちは仕事になりません」

小松は、またしても驚いた。

「ちょっと、こっちへ来い」

小松は、自分の席にその係員を連れて行った。そして、訴えを起こすと言っている人物に聞こえないように言った。

「被害者が告訴するというんだから、これは事件だろう」

「相手がどこの誰かわからないんですよ。告訴を受け容《い》れたら、その人物の特定から始めなければなりません」

「当然だろう。それが捜査だ」

「手間と時間がかかります」

小松は、さすがに頭に来た。

「手間と時間を惜しんでいて、刑事がつとまるか」

相手は、平然と言い返してきた。

「上からのお達しは、その刑事の仕事をまともにさせないような内容だったじゃないですか」

小松は、眉《まゆ》をひそめた。

「それは、どういうことだ？」

「言ったとおりの意味ですよ」

係員が、こんなに小松に反抗的なのは珍しい。やはり、どう考えても、裏に戸高がいるとしか思えない。

「戸高の入れ知恵だな？」

「戸高さん？　それ、何の話です？」

「おまえもシラを切るのか」

「やだな、係長。俺を被疑者みたいに言わないでください」

「あの男性について、どうするつもりだ？」

「相手を見つけて、損害賠償を請求するなりなんなりすればいいんですよ。つまり、民事で解決してもらいます。警察は民事不介入が原則なんで、自分らの仕事じゃなくなります」

「それでいいと、本気で思っているのか？」

「何か問題がありますか？」

小松は言葉を失った。

おそらく、抗議に来ている人々のほとんどが同じような状況なのだろうと思った。

つまり、訴えを起こそうとしたり、助けを求めたりしているのに、係員たちが取り合おうとしないのだ。

こいつら……、いや、戸高はいったいどういうつもりなのだろう。

帰ってきたらとことん問い詰めてやろう。小松はそう思ったが、夕刻、戸高から

「直帰《ちょっき》します」というメールが送られてきた。

翌日、前日の報告書を読んで、小松はまた眉をひそめた。

事件の認知の報告がまったくなかった。

そんなことはあり得ない。刑事が一日仕事をしていれば、必ず何らかの事件に遭遇する。通信指令センターからの無線も入る。

何より、昨日は何人もの一般市民が抗議にやってきていた。それを拾うだけでも事件になるはずだ。

そして、署内の雰囲気は、昨日とまったく同じだった。

課長や副署長は、まだ気づいていないのだろうか。

小松は思った。

これは、明らかに非常事態だ。

始業時間になっても戸高は登庁してこない。携帯電話をチェックすると、案の定「現場に直行」という戸高からのメールが入っていた。

冗談じゃない。これは、サボタージュだ。

小松は、戸高の携帯電話にかけた。

「はい、戸高」

「いいか、二度は言わない。よく聞け。すぐに署に来い。話がある」

二秒ほどの無言の間があった。

「わかりました」

小松は電話を切って、戸高を待つことにした。

三十分ほどして、戸高が姿を見せた。他人の眼があるところでは、戸高も本音を話さないだろうと思い、小会議室に連れて行った。

そこでも、何か取り調べをやっていたので、彼らに出て行ってもらった。

小松は、小会議室の椅子《いす》に腰を下ろすと、戸高に言った。

「まあ、座れ」

「立ったままでいいですよ」

「落ち着かないから、座れと言ってるんだ」

戸高は、ようやく椅子に腰かけた。不機嫌そうに、小松を見ている。とはいえ、彼が仏頂面《ぶっちょうづら》なのはいつものことなので、特に機嫌が悪いわけではなさそうだ。

小松は、言った。

「係のみんなに、何か言っただろう？」

「何かって、何です？」

「今、署内で起きていることは、おまえの差し金じゃないか、と言ってるんだ」

「何言ってんのか、さっぱりわかりませんね」

「係の連中が、こぞって微罪を摘発しはじめた。おかげで、留置場も保護室も取調室もパンク状態だ」

「みんな、一所懸命に仕事をしているということでしょう」

「スーパーで包丁を買った主婦を、銃刀法違反の疑いで引っぱったやつがいるんだ。尋常じゃない」

「そいつなりに、気になったことがあったんじゃないですか？」

「微罪の摘発が増える一方で、継続捜査を勝手に打ち切ったり、被害の訴えを受け付けなかったりということが起きている。昨日の、事件認知の報告はゼロだ」

戸高は、不敵な笑いを浮かべた。

小松は、むっとして言った。

「何がおかしいんだ？」

「そういう出来事が、全部俺のせいだというんですか？」

「おまえは、こう言ったんだ。『やれと言われればやりますが、どんなことになっても知りませんよ』って……」

「そう。たしかに言いました」

「それと、今の状況が無関係とは思えない」

戸高は、再びにやにやと笑った。

「係長には、かないませんね。おっしゃるとおり、俺がみんなに話をしました」

「何をどういうふうに指示したんだ？」

戸高は、肩をすくめた。

「係長から言われたことを、実行に移すための、具体的な方法をアドバイスしたんです」

「アドバイスだって？　そんな生やさしいものじゃないだろう」

「係長の指示は、検挙数・検挙率のアップでした。だから、その結果を出すための方法をみんなに伝授したわけです」

「なるほどな……」

小松は言った。「微罪を片っ端から取り締まれば、検挙数は上がる」

戸高はうなずいた。

「そして、検挙率のほうですが、検挙率ってのは、事件発生数に対する検挙の率じゃあないんです。認知件数に対する検挙の率なんです。認知件数や事件として扱う件数を減らせば、結果的に検挙率は上がる。つまり、分母を減らせばいいんです。手間や時間がかかる事案を背負い込めば、それだけ検挙率は落ちますから、そういう事案を認知しないようにすればいいわけです」

小松は、おもわずうなった。

「そんなことをしても意味はない」

「意味はありますよ。上の方針を遵守《じゅんしゅ》してるんです。間違いなく検挙数と検挙率はアップします」

「だが、そんなのは間違っている。一般市民を敵に回すことになるぞ。だいいち、今おまえたちがやっていることのせいで、警察の信頼が失われることになりかねない」

戸高が一瞬、真剣な顔になった。

「今回のは、そういう通達なんですよ」

「何だって？」

「数字だけで、警察の仕事を評価しようとすると、こういうことになるんです。俺たちは、検挙数や検挙率を競うために仕事をしているわけじゃありません。営業マンじゃないんです。そこんとこ、上のほうは何もわかっていない」

小松は、思わず苦い顔になった。

「俺だって、それくらいのことはわかってるさ」

「じゃあ、指示を撤回してください」

「俺にはそんな権限はない。上からの通達だ」

「なら、俺たちも、その上からの通達に従うだけです」

「おい、もうわかったから、やめにしてくれないか」

「やめにする？　それは検挙数・検挙率アップの指示を撤回するということですか？」

「いや、そうじゃないが……」

小松は、我ながら歯切れが悪い発言だと思った。「とにかく、極端なことはやめてほしいと言ってるんだ」

「どっちなんです？　検挙数・検挙率をアップしろということなんですか？　それとも、今までどおりに捜査をしろということなんですか？」

「その両方だ。両立できるように頑張ってくれ」

戸高はかぶりを振った。

「そんな中途半端《はんぱ》なことはできません。指示を撤回してくれないのなら、これからも、俺たちは、指示通り、検挙数・検挙率アップにつとめますよ」

小松は、どうしていいかわからなくなった。戸高のやっていることは、サボタージュに等しい。だが、上からの通達どおりに、検挙数と検挙率がアップすることは間違いないのだ。

ただし、数字がアップしても、むしろ犯罪検挙の実態は悪化するだろう。

問題は何でも数字で評価しようとする、官僚的な発想による通達にあるのだ。警察庁で机に向かっている連中は、実際の犯罪捜査や検挙というものが、どういうものかよく知らない。

現場を知らない役人たちが、全国の警察署の捜査や取締の計画を立案するからおかしなことになるのだ。警察官の多くは、現状が正しいとは思っていない。

何かが間違っていると思いながら、日々仕事を続けている。小松もその一人だし、戸高もそうなのだろう。

だから、小松は、戸高の気持ちがよくわかるのだ。そして、彼の思いきった抵抗が、実は心強いと、密《ひそ》かに感じていたのだった。

「わかった」

小松は、腹をくくった。「やりたいようにやってくれ」

すると、戸高が意外そうな顔をした。

「いいんですか？」

小松はうなずいた。

「上が音《ね》を上げるまで、やってみようじゃないか」

戸高は、またにっと笑った。

「了解しました」

そう言うと、彼は小会議室を出て行った。

一人部屋に残った小松は考えていた。

署内の異常な様子に、上の者が気づいていないはずがない。そのうち、課長か副署長に呼ばれることになるだろう。

何を言われてもかまわない。

現場の者たちは、上の指示に従っているだけだ。それが問題だというのなら、自分たちが出した通達にどんな意味があったのか、よく考えることだ。

小松は、そう思っていた。

3

案の定、その日の午後一番に、関本課長に呼ばれた。

課長室を訪ねると、関本課長が、渋い表情で言った。

「署長から言われた。この二日ばかり、署内の様子がおかしいのはなぜだ、と……。何でも、強行犯係が、やたらと微罪で引っぱっているらしいじゃないか。留置管理課からも、文句を言われた。留置場や保護室が満員だとな」

小松はこたえた。

「ええ、取調室も満杯です」

「いったい、強行犯係は、何をやっているんだ？」

「指示に従って、検挙数・検挙率のアップにつとめています」

「それを、署長に説明できるのか？」

署長に説明するのは、課長の役目だろう。そう思ったが、もちろん口には出せない。

自分一人が泥をかぶるのもばかげている。ここは、戸高にも責任を取ってもらうべきだと思った。

「実は、戸高が始めたことでして……」

　小松が言うと、関本課長はさらに顔をしかめた。

「戸高か……。それで、いったい、何を始めたというんだ？」

「検挙数を上げるために、銃刀法違反や軽犯罪法違反、公務執行妨害などの微罪で次々と引っぱりはじめたんです」

「まあ、それで検挙数が上がるのは間違いないな……」

「さらに、手間がかかりそうな事案は、認知しないようにしているようです。被疑者確保に手間取りそうな訴えも受理しないようにしています。つまり、認知件数を減らすことで、検挙率をアップしようというわけです」

「ばかな……。それでは犯罪の摘発にならない」

「検挙率というのは、認知件数に対する検挙の割合ですから、認知件数を減らせば、確実に検挙率はアップします」

　関本課長は、怒りの表情で小松を見据えた。

「君は、それを署長の前で言えるか？」

　小松は、ごくりと喉《のど》を鳴らしてからこたえた。

「はい。いつでもご説明申し上げる用意があります」

「署長から呼ばれているんだ。君にもいっしょに来てもらう」

「わかりました」

「それから、戸高も呼んでくれ」

「はい」

小松は、戸高に電話して署長室に来るように言った。

竜崎署長は、いつもと変わらず、判押しを続けながら話を始めた。

「何だか署内が騒がしいと思ったら、強行犯係が、やたらに身柄を引っ張って来ているらしいじゃないか。これは、どういうことなんだ？」

関本が言った。

「それについては、強行犯係の小松係長と戸高からご説明申し上げます」

「戸高……？」

竜崎は手を止めて、顔を上げた。「なぜ、戸高が……？」

関本が小松に目配《めくば》せした。

小松は言った。

「戸高が強行犯係の係員たちに教唆《きょうさ》したことでして……」

戸高がぼそりとつぶやく。

「教唆だなんて、人聞きの悪い……」

小松は、かまわずに続けた。

「もともとは、検挙数・検挙率アップという、警察庁からの通達が原因です。戸高は、その通達を遵守《じゅんしゅ》する効率のいい方法を考え、それを係の者たちに伝えたのです」

小松は、組対係の新庄係長と話し合ったことを思い出していた。新庄は、竜崎が合理性の塊のような人だから、数字にうるさそうだと言っていた。

説明を聞いて、竜崎がどういう反応を示すか不安だった。

新庄はさらに、竜崎は義理や人情より、数字を重視するだろうし、伊丹《いたみ》刑事部長とツーカーだから、検挙数・検挙率アップ推進派だろうと言っていた。

小松もそんな気がしていた。

竜崎は、不合理なものをずばりずばりと切り捨てていくタイプだ。だから、温情や思いやりといった心情的な面は無視して、ドライに数字で判断するほうを好むかもしれないと考えたのだ。

竜崎は、興味深げに言った。

「その効率のいい方法というのは、何だ？」

「微罪を検挙することです」

「なるほど……」

「詳しいことは、当事者の戸高から報告させたいと思います」

「いいだろう」

小松は、戸高のほうを見た。戸高は、ひどくつまらなそうな表情で話しはじめた。

「要するに数を増やしゃあ、上は満足するんでしょう。だったら、手っ取り早いのは、微罪を摘発することです。まずは、銃刀法違反ですね。刃渡り六センチを超えたら、カッターナイフも摘発の対象になりますからね。それから、銃刀法違反にならなくても、刃物を持っていたら軽犯罪法違反で引っ張れます。さらに、ビラ配りなんかの住居侵入罪や、公務執行妨害など、とにかく何でもいいから引っ張ろうと話し合いました」

「それで、署内が騒がしい理由がわかった。たしかに、検挙数は大幅にアップしたようだな」

戸高は面倒臭そうに、説明を続けた。

「検挙率のほうですが、これは分母を減らせば、必然的に率がアップするので、その方策について話し合いました」

「分母を減らす？」

「犯罪の認知や、時間や手間がかかりそうな事案に着手することをやめれば、検挙率は格段にアップしますよ。だいたい、昔にくらべて検挙率が落ちたなどと言われて問題視されていますが、犯罪の認知件数が増えたことがその一番の理由なんですから……」

「たしかに、そのやり方だと、検挙率は上がるな」

署長は納得しているのだろうか……。

小松はさらに不安になった。

大森署の検挙数・検挙率が大幅にアップすれば、署長も鼻高々だろう。だが、それでいいのか……。

小松は、通達に対する異議を申し立てようかどうか迷っていた。

竜崎が言った。

「ばかばかしいな」

関本、小松、戸高の三人は、同時に竜崎の顔を見た。

関本が恐る恐るといった体で尋ねた。

「ばかばかしい……？　戸高のやったことが、ですか？」

「いや、戸高は、通達を実行するために、最も効率がいい方法を考えたに過ぎない。ばかばかしいのは、検挙数・検挙率をアップしろという警察庁からの通達だ」

「は……？」

関本課長が、目を瞬《しばた》いた。「通達がばかばかしい……？」

「そうじゃないか。通達を遵守した結果が、この署内のありさまだ。さらに、犯罪の認知数を減らし、時間や手間がかかりそうな事案には着手しないというのだろう？　数字は上がるかもしれないが、実態は悪化している。そうじゃないか？」

「はあ……。しかし、上からのお達しですから……」

竜崎は、戸高を見て言った。

「警察署の役割というのは、何だ？」

戸高は、気をつけをしてこたえた。

「法と正義に則《のっと》り、地域住民の安全を守ることです」

竜崎はうなずいた。

「では、そのようにつとめてくれ。以上だ」

関本課長が尋ねた。

「あの……。検挙数・検挙率のアップは……？」

「それを追求した結果がどうなるか、戸高が示してくれたじゃないか。そんなものは、無視してかまわない」

「無視、ですか……？」

「そうだ。理念のない数字になど意味はない。今、戸高が言ったことを真摯《しんし》に実行し、その結果、犯罪が摘発されることこそが重要なんだ」

戸高が言った。

「つまり、今までどおりやれってことですね？」

「それでいい」

小松は驚き、そして感動していた。

この人は、俺たちのことをわかってくれている。戸高の目論見《もくろみ》の意図をちゃんと理解してくれたのだ。

できればいつまでも、この署長の下で働きたい。そんなことを思っていた。

署内は落ち着きを取り戻した。

小松は、廊下で組対係の新庄に声をかけられた。

「よう、強行犯係のおかげで、検挙数・検挙率の件は、気にしなくていいってことになったようだな」

「ああ、署長は、数字のことなど気にする人じゃなかったぞ」

「へえ、ちょっとは俺も見直してみようかな。まあ、いずれにしろ、よかったじゃないか」

「そういうことだな」

新庄と別れて、席に戻ると、戸高が言った。

「係長。これから出かけて、そのまま直帰します」

「平和島じゃないだろうな」

「まさか……。じゃあ、行ってきますよ」

戸高は、やはりみんなに一目置かれるだけのことはある。

ただ、もう少し勤務態度がよければな……。

小松は、そう心の中でつぶやいた。

送検

1

人が倒れていて動かないという通報があったのが、午前十時だった。

所轄署《しょかつしょ》の手配で、死亡が確認され、状況から他殺の可能性が高いという連絡があった。

田端守雄《たばたもりお》捜査一課長は、すぐに係員と刑事調査官の出動を命じた。

参事官からその報告を受けたのは、午前十一時過ぎだった。情報が上がるスピードとしてはまずまずだと、伊丹俊太郎《いたみしゅんたろう》刑事部長は思った。

捜査の決め手は、今も昔も早さだ。初動捜査に手間取ると、たいてい事件は長引く。殺人などの公訴時効があった時代には、迷宮入りという事態もあった。

伊丹は、参事官に尋ねた。

「捜査一課長は、臨場したのか？」

「いえ、刑事調査官に任せたようです」

欲のないやつだ、と伊丹は思った。自分が捜査一課長なら、必ず現場に出かけて行く。現場にはマスコミが群がっている。そこに捜査一課長が出かけて行けば、記者たちの話題になる。

コメントの一つも出してやれば、有難がられる。

捜査員の顔は、あまり世間に知られるべきではないと、伊丹は考えている。ときには隠密捜査をやる必要もあるだろうし、どこで怨《うら》みを買うかわからないからだ。

だが、幹部は顔を売るべきだと思っていた。記者に人気があるということは、世間に人気があるということだ。

必ずしもイコールではないが、そういう傾向があるのは確かだ。そして、それが出世に影響することもある。

だから、伊丹は記者が集まる場所によく足を運ぶ。マスコミを煙たがる警察官僚も多い。逆に、彼らを支配して情報を管理しようとする連中もいる。

両方とも愚かなことだと、伊丹は思っている。マスコミは、対立するものではなく利用するものなのだ。

捜査本部が設置される警察署の一階にも記者が集まる。そういうわけで、伊丹はよく捜査本部に臨席する。

マスコミのためばかりではない。現場の捜査員たちの意見を聞き、その雰囲気を把握することが重要だと思っている。

だいたい、捜査本部は刑事部長が捜査本部長となって組織するものなのだ。もちろん、伊丹はおそろしく多忙なので、捜査本部に常駐することはできない。

だとしても、できるだけ顔を出すように心がけている。刑事部長として、腰が軽すぎると、先輩の警察官僚に言われたことがあるが、それが自分のやり方だと思っていた。

「至急、捜査本部の手配をするように、捜査一課長に伝えてくれ」

伊丹がそう指示をすると、参事官は即座に応じた。

「了解しました。今日の夕刻には体裁が整うでしょう。捜査一課の捜査員たちは、現場から所轄に向かうと思われます」

「所轄はどこだ？」

「大森署です」

なんと、竜崎《りゅうざき》の署だったか。

「わかった。最初の捜査会議には、私も臨席する」

「手配します」

参事官が、部長室を出て行った。

おそらく彼が出て行ったドアの前から、決裁待ちの列ができているに違いない。その仕事をさっさと片づけなければならない。

それはわかっているのだが、竜崎に電話をせずにはいられなかった。すぐに、携帯電話にかけた。

「はい、竜崎」

「俺だ。伊丹だ」

「着信の表示を見ればわかる。何の用だ？」

「おまえの署の管内で、人が死んでいるという通報があっただろう？」

「それは正確ではない。正しくは、人が倒れていて動かないという通報だ。その後、医師が死亡を確認した。本部の捜査一課がやってきて、刑事調査官が他殺と断定した」

「通報したのは誰だ？」

「マンションの同じ階の住人だ。部屋の前を通りかかったとき、ドアが開いていて、何気なく部屋の中を見たら、被害者が倒れているのが見えたのだという」

「凶器は？」

「扼殺《やくさつ》だ。首に扼痕《やくこん》があったということだ」

「死亡推定時刻は？」

「詳しいことは、解剖の結果を待たないとわからないが、鑑識の見立てでは、昨夜の午後七時から九時の間」

「おい、司法解剖を依頼したのか？　他殺であることが明らかなのに？」

伊丹はしかめ面《つら》になって言った。

「解剖で重要なことが判明することもある。それが、裁判の証拠となり得る」

「裁判のことまで気にすることはない。こちらは、送検してしまえばいいんだ。起訴するかどうかは、検事が決めてくれる」

「おまえは気楽でいい。実際には、送検後もほとんど警察が捜査をするんだ。検事が証拠固めをやるわけじゃない」

「刑事部長が気楽なわけないだろう。捜査の実態も知っているよ。だがな、俺たちが起訴を決められるわけじゃないし、有罪・無罪の判決を出せるわけじゃない」

「だからといって、捜査をおろそかにするわけにはいかない」

「だれも、おろそかにしろとは言ってない。だがな、捜査費用だって限られている。すべての変死体を解剖に出していたら、捜査費用なんてたちまちパンクしちまうんだ」

「殺人事件だが、さらに強姦《ごうかん》も加わる。重大事件だから司法解剖を依頼した」

「殺人に強姦？　被害者は女性か？」

「聞いてないのか？」

「もうじき報告が上がってくるはずだが、現場のおまえに電話したほうが早いと思ってな……」

「それじゃ本部の機能が十全に機能しているとは言い難いな。おまえは事件が起きるたびに、いつも署長に直接電話をするのか？」

「そんなことはしないよ。おまえだからかけたんだ」

「迷惑な話だ。こっちは捜査本部の準備で忙しいので、切るぞ」

「ちょっと待て。ホシは割れているのか？」

「目撃情報もあるし、犯行現場となった被害者のマンションの出入り口に防犯カメラもあった。これからその映像を解析する。さらに、室内から複数の指紋や掌紋《しょうもん》が検出されているから、それを自動識別システムにかけてもらう」

「じゃあ、それほど長引かないな……」

「どうかな……」

「また連絡する」

「おい、俺に連絡する必要などない。捜一課長か参事官に聞けばいいだろう」

こいつは、どうしていつもこういうドライな物言いをするのだろう。

幼馴染《おさななじ》みで同期なんて、キャリア警察官には滅多にいない。自分たち以外に、そんな話を聞いたことがなかった。

だから、伊丹はこの関係を大切にしようと思っている。だが、竜崎はいつもいたって冷淡だ。

どうやら、小学生の頃、竜崎をいじめていたことが原因らしいのだが、伊丹はほとんど記憶がなかった。

いじめというのは、そういうものかもしれない。加害者は忘れていても、被害者のほうは決して忘れない。

「まあ、そう言うな。最初の捜査会議には、俺も顔を出す」

「必要ないな」

「何だって？」

「刑事部長が来たって、捜査員たちが緊張するだけだ。どうせ、冒頭に訓辞を垂れるくらいのことしかやらないんだろう？　実際の捜査指揮は、捜一課長か管理官に任せることになるはずだ」

「まあ、それが一番理に適《かな》っているんじゃないのか？」

「だったら、最初から課長や管理官に任せておけばいいんだ」

「捜査員の士気を高める必要がある」

「おまえが来なくたって、充分に士気は高い。おまえが来ると、幹部から一捜査員までが全員気をつかうんだ。そんなのはエネルギーの無駄遣いだ」

「おまえ、刑事部長によくそんなことが言えるな」

「事実を言ってるんだ」

「まるで、俺が邪魔者のような言い方だ」

「お互い、やるべきことがあるということだ。おまえは警視庁刑事部のトップだ。その権限が必要なこともある」

「とにかく、後でそっちに行く」

「好きにするといい」

電話が切れた。

失礼な物言いだが、それがむしろ心地いいときがある。竜崎と話をすると、いつもそんな気分になる。

やるべきこと、か……。

伊丹は、部長室の外の決裁待ちの行列を思って、溜《た》め息をついた。まずは、それを片づけなければならない。


竜崎に電話をしてから二十分後に、再び参事官がやってきて報告した。

「大森署の件ですが、被害者の氏名等がわかりました」

芦川春香《あしかわはるか》、二十八歳。金融会社に勤めていた。マンションに一人暮らしで、その部屋が犯行現場となった。

強姦されており、扼殺だった。竜崎が言ったとおりだった。

強姦されて、死亡した場合、強姦致死罪か殺人罪になる。その際、殺意が問題となる。

今回の場合は、手で首を絞めて殺しているのだから、殺意があったと考えていいだろう。その場合、罪状は殺人罪となる。

二つの罪状が競合する場合、重い方で処断するからだ。

「目撃情報があり、複数の指紋、掌紋が検出されているということだが……？」

伊丹がそう尋ねると、参事官は、ちょっと驚いた顔になった。それから、ああそうか、という表情をして言った。

「竜崎署長に連絡されましたね？」

なんだか、悪戯《いたずら》を指摘された子供のような気分になって、伊丹は渋面《じゅうめん》になった。

「一刻も早く情報がほしかったんだ。所轄に訊《き》くのが一番いい」

「相手が、竜崎署長なら問題ないでしょう」

「他の署長なら問題あるのか？」

「いえ、そういう意味で言ったわけではありません」

どういう意味だと、追及したくなったが、時間が惜しいのでやめておくことにした。

伊丹は、再度質問した。

「目撃情報と指紋、掌紋についてはどうなんだ？」

「ご指摘のとおりです。犯人は、宅配業者を装《よそお》って、被害者と接触したようです」

「なるほど……。防犯カメラの解析は？」

「時間がかかります。ＳＳＢＣに依頼することになると思いますが……」

ＳＳＢＣは、捜査支援分析センターの略称だ。その名のとおり、捜査を支援するために、情報の蓄積と分析を行う。

具体的には、ビデオの解析やコンピュータなどの情報解析。そして、蓄積したデータからプロファイリングなども行う。

「最初の捜査会議は何時だ？」

「午後八時の予定です」

「わかった」

捜査本部によっては、捜査会議を行わない場合もある。管理官に情報を集約すれば、会議の必要などないと考える捜査幹部もいる。時間の無駄だというわけだ。

また、捜査が大詰めになれば、会議なんてやっている暇はなくなる。

だが、伊丹は最低限の会議は必要だと考えている。すべての捜査員が情報を共有するのは悪いことではない。

捜査会議不要論者は、情報の共有など必要ないと言う。捜査員は、働き蟻《あり》のように、ただ情報を管理官のもとに運んでくればいいという考え方だ。

捜査員は、捜査全体のことなど考える必要はなく、ただ割り当てられた役割にだけ集中すべきだ。そのほうが、結果的に捜査本部全体の効率が上がるというのが彼らの主張だ。

なんだか、最近の企業の論理に似ていると、伊丹は思った。

社員を労働力と割り切り、雇いやすく、切り捨てやすい派遣社員を使う発想だ。それでは、人材が育たない。幹部を育てられない会社、社員が設立の理念を理解できない会社は、いずれすたれていく。

伊丹は、そういう考え方なのだが、どうも最近はアメリカ型の経営理論のほうが分がいいらしい。

人材を育てるよりも、ヘッドハンティングしたほうがコストがかからない。さらに、会社設立の理念などどうでもよく、会社を投資や投機の対象としてしか見ていない大資本が、企業の売り買いを繰り返す。

どうやら、警察も、そうしたアメリカ型の幼稚で乱暴な経営論に影響を受けているようだ。

効率を求めるのはいい。だが、警察官の教育も忘れてはいけない。だから、すべての捜査員で情報を共有して、捜査員個人個人が捜査全体のことを考えられるようにしたほうがいい。

その上で役割分担をすればいいのだ。全体のことがわかっているのと、そうでないのとでは、捜査員たちのやる気も違ってくるだろう。

それもあって、伊丹は最初の捜査会議にはできるだけ出席するようにしている。

伊丹は、午後八時を視野に入れて、分単位の面会と決裁を繰り返した。

2

大森署の一階には、記者が集まっていた。伊丹が進んでいくと、彼らが群がってきた。さまざまな質問が飛んでくる。

普通の捜査幹部なら無視をして通り過ぎるだけだ。だが、伊丹は違う。彼らに笑顔を見せて言う。

「おいおい、俺はこれから捜査本部に行くところだぞ。まだ何もわかっちゃいないよ」

エレベーターに乗ると、記者たちから解放される。昔は、記者も上の階までやってこられたが、今は一階で足止めだ。

講堂に足を踏み入れたとたん、管理官が号令をかける。

「起立」

捜査員たちが一斉に立ち上がる。

彼らの前を、伊丹は悠々と歩く。ひな壇の中央に進み、捜査員一同を見回す。

「礼」

彼らが伊丹に向かって上体を十五度に傾ける敬礼をする。

伊丹は言う。

「楽にしてくれ」

伊丹が着席すると、捜査員たちも腰を下ろした。隣には捜査一課長がいる。伊丹は、捜一課長に尋ねた。

「署長はどこだ？」

「署長室におられると思います」

「会議に出席しないのか？」

「任せる、と……」

伊丹は、溜《た》め息をついてから、携帯電話を取り出した。竜崎を呼び出す。

「何だ？」

「伊丹だ」

「わかっている。何だ？」

「捜査会議が始まるぞ」

「来る必要はないと言ったのに、来たのか」

「ああ。これが俺のやり方だ」

「俺はまだこっちでやることがある」

「おい、おまえの署の管内で起きた事件で、捜査本部ができているんだぞ」

「俺がそこにいてもできることは限られている。さっきも言っただろう。本部から捜査一課長が来ているんだから、彼に任せておけばいい」

伊丹は、横にいる田端捜査一課長をちらりと見てから捜査員たちに背を向け、声を落とした。

「俺が臨席しているんだ。顔くらい出せ」

「おまえが来ているなら、なおさらだ。本部の部長と課長がいるのに、俺が行く必要などないだろう」

こいつに何を言っても無駄だ。そう思い、伊丹は言った。

「わかった。だが、おまえが必要になったら呼ぶぞ」

「そうしてくれ」

伊丹が電話を切ると、管理官が「会議を始める」と言った。

目撃情報によると、昨夜八時頃、宅配便の配達員らしい制服を着た男が、被害者の部屋を訪ねたということだ。

防犯カメラにも、たしかにそれらしい男が映っていたという。

指紋、掌紋《しょうもん》は、データベースにはヒットしなかった。だが、今後、被疑者の特定に役立つはずだ。

管理官が田端捜査一課長と伊丹に告げた。

「被害者の部屋にあった宅配便の伝票から、部屋を訪ねた配達員を割り出しました」

「本物の宅配業者だったのか……」

「任意で身柄を引っぱり、話を聞いております」

「早いな」

伊丹は、つぶやいてから、なるほど、と思った。

すでに、重要参考人の身柄を押さえているから、竜崎は捜査本部に顔を出さなくてもいいと思ったのだ。もうじき事件が解決すると判断したに違いない。

「その人物の指紋は？」

「本人の了承を得て採取しました。今、室内から採取したものと照合しています」

「一致すれば、決まりだな」

伊丹が言うと、管理官がうなずいた。

「はい。あとは自白を取るだけです」

なるほど、竜崎の手を借りるまでもなかった。悔しいが、あいつの判断はいつも正しい。

「その配達員の名前は？」

「北森重治《きたもりしげはる》。年齢は、三十五歳です」

「犯行を認めていないんだな？」

「否認していますが、証拠がそろえば落とせると思います」

「任意なんだろう。いつまでも拘束はできない」

「指紋照合の結果が出るまでは、なんとか引き止めておこうと思っています」

「わかった。私も、それまで付き合おう」

会議は、二十分ほどで終わった。

捜査本部初日は、きわめてあわただしい。捜査員たちは、会議終了後もそれぞれの持ち場に散っていった。管理官席の電話も頻繁に鳴り続ける。

伊丹は、田端捜査一課長と、今後のことについて打ち合わせをしていた。

「本物の宅配便の配達員が犯人とは驚きましたね」

「今の世の中、何が起きても驚かないよ。荷物を届けに来て、衝動的に犯行に及んだということかな……」

「宅配便の配達員は、地区ごとに担当が決まっていますので、前々から被害者に眼を付けていたということも考えられますね」

「指紋が一致したら逮捕でいいだろう。その後、すみやかに送検だ」

「もし、自白しなくても送検しますか？」

伊丹はうなずいた。

「指紋と伝票、防犯カメラの映像があれば、証拠としては充分だ。送検してくれ」

「わかりました」


午後九時半頃に、管理官が大声で告げた。

「指紋が一致しました」

伊丹は「よし」とつぶやいた。ここまで見届ければ充分だろう。

「後は、よろしく頼む」

伊丹は田端捜査一課長に言った。

「了解しました」

伊丹は、帰り道の公用車の中から、竜崎に連絡した。

「何だ？」

「被害者の部屋の中から採取された指紋と、任意で引っぱっていた宅配便配達員の指紋が一致した」

「そうか」

「すみやかに逮捕状を請求して執行するように、捜一課長に指示した」

「待て」

「どうした？」

「それでいいのか？」

「それでいいとは、どういう意味だ？」

「逮捕したら、四十八時間以内に送検だぞ」

「そんなことは知っている。だから何だと言うんだ」

「だったらいい」

「おかしなやつだな」

電話が切れた。

伊丹は、ふんと鼻を鳴らして携帯電話を内ポケットにしまった。

伊丹は竜崎の一言が気になり、いったん本部庁舎に登庁したが、午前十時には大森署の捜査本部に改めて向かっていた。

大森署に着くと、一階で記者に囲まれ、講堂では全員起立で迎えられるという、昨日と同じセレモニーを通過した。

「それで、被疑者はどうだ？」

伊丹は、すぐに田端捜査一課長に尋ねた。

「今朝九時ちょうどに、逮捕状を執行しました。その後も取り調べを続けていますが、依然として否認しています」

「被害者の部屋から見つかった伝票で、被疑者が現場の部屋を訪ねたことは確認できているんだな？」

「はい。彼は、部屋を訪ねたことは認めています。でも、それはあくまでも、荷物を届けるためだと……」

「防犯カメラの映像は？」

「一昨日の夜、午後七時から九時の間には、宅配便配達員らしい男が二度映っていますが、そのうちの一つが、被疑者であることが確認されています」

「確認されているんだな？」

「はい。間違いなく。しかし、それも荷物を届けに行ったのだと言われれば……」

「被疑者のものと一致した指紋は、部屋のどこから検出されたものだ？」

「玄関ドアのノブ、そして、寝室の箪笥《たんす》と、その上にある花瓶……」

それを聞いて、伊丹は言った。

「なんだ、それで決まりじゃないか。荷物を届けに来て、寝室まで上がり込むことはあり得ない。荷物を届けに来ただけというのは嘘《うそ》だ。四十八時間も待つことはない。送検してしまおう」

捜査一課長は、少しばかり眉《まゆ》をひそめて言った。

「よろしいのですね？」

「何を躊躇《ちゅうちょ》することがある」

「わかりました」

被疑者、北森重治は、その日のうちに送検された。

3

送検された段階で、捜査本部は解散になるが、それで警察の手を離れたわけではない。検事に送られたと言っても、それは書類上のことで、たいていは、継続してそれまでと同じ警察署の留置場に身柄が置かれる。

検事の役割は、起訴するかしないかを決定し、裁判でその罪を追及することだが、送検後まず最初にするのが、勾留《こうりゅう》請求だ。

勾留は原則十日間だが、必要と認められれば、さらに十日間の延長が可能だ。

この勾留期間中に検事による取り調べが行われるのだが、刑事事件ではたいてい、それまで担当していた警察官が引き続き担当する。

テレビドラマで見る、刑事による厳しい取り調べは、実はこの勾留期間なのだろうと、伊丹は解釈していた。

北森重治も、勾留期間に刑事による取り調べを受けていた。担当しているのは、捜査一課のベテランだ。

送検されて二日後のことだ。伊丹は、ふと気になって、参事官に北森のことを尋ねてみた。

「その後、どうなっている？」

「まだ否認を続けているようです」

「検事は、何と言ってるんだ？」

「何としても落とせと……」

「だろうな」

その時、参事官が何か言いたそうな顔をした。

「何だ？」

「実は、その北森についてなんですが……」

「どうした？」

「ＤＮＡ鑑定の結果が出まして……。犯行現場に残されていたＤＮＡは、北森のものとは一致しなかったんだそうです」

伊丹は、眉《まゆ》をひそめた。

「何だって……？　どういうことだ？　寝室から北森の指紋が検出されているじゃないか」

「実は、それもですね……」

「何かあるのか？」

「北森は、その簞笥《たんす》と花瓶を運んだのだ、と……」

「運んだ……？」

「ええ、被害者の芦川春香は、事件の十日前に引っ越しをしております。その引っ越し作業に参加したと北森が供述していたのです。たしかに箪笥と花瓶を運んだ記憶があるので、指紋はそのときに付着したのだろうと……」

「引っ越し作業に参加？　どういうことだ？　北森は、宅配便の配達員だろう？」

「運送会社ですからね。宅配便だけでなく引っ越しなども扱っているのです。北森によると、シフトが空いていて、地区担当だったこともあり、引っ越し作業に駆り出されたというのです」

伊丹は、しばし呆然《ぼうぜん》としてしまった。

「被害者が引っ越ししたというのは間違いないのか？」

「確認が取れております」

「面会希望者をしばらくストップして、捜査一課長を呼んでくれ」


いつもは威勢がいい田端捜査一課長が、すっかり小さくなっていた。伊丹は言った。

「ＤＮＡ鑑定の件は聞いた。指紋のほうはどうなんだ？」

「北森の供述の裏が取れました。たしかに、北森は、事件の十日前、被害者の部屋の引っ越し作業をしています」

「北森はシロだということだな？」

「はあ……。しかし、シロにならない恐れもあります」

伊丹は、眉をひそめた。

「どういうことだ？」

「すでに送検してしまいましたから……」

「それがどうした？」

「担当検事が、何が何でも落とせと言っています」

伊丹は驚いた。

「やってないんだから、自白するはずがないだろう」

「検事の言い分は、こうです。被害者の死亡推定時刻の頃に、被疑者が被害者の部屋を訪れていることは明らかだ。伝票という証拠がある。また、被害者の部屋の寝室から被疑者の指紋が検出されたことも事実だ。防犯カメラの映像もある。あとは、自白が取れれば起訴ができる、と……」

起訴されたら、有罪率は九十九・九パーセントだ。

「ＤＮＡ鑑定や、引っ越し作業のことは伝えたのか？」

「伝えました」

「何と言っていた」

「送検の際の疎明《そめい》資料だけで充分だから、追加の証拠は必要ない、と言われました」

「証拠を握りつぶす気だな……」

「検事の筋書きは、こうです。引っ越し作業で、被害者に眼をつけた北森は、その十日後に宅配便を届けるのを口実に、被害者と接触。部屋に上がり込んで、犯行に及んだ……」

　人質司法という言葉がある。

　自白を引き出すためには、まず検事や捜査員が書いた筋書きの供述書を作成しておく。それに拇印《ぼいん》を押させればいいのだ。

　勾留は十日間、さらに、必要とあらば十日の延長ができる。どんなに心が強い者でも、二十日もぶっ続けで捜査員に責められたら、つい嘘《うそ》の自白をしてしまう。捜査員や検事の取り調べは半端《はんぱ》ではないのだ。

　これが人質司法の実態だ。

　伊丹は、竜崎や田端捜査一課長が、逮捕・送検に慎重だったのを思い出した。

「今は、どういう状況だ？」

「検事が言うとおり、北森を締め上げています」

　なんということだ。今、俺たちは、冤罪《えんざい》をひとつ、生み出そうとしているのではないか……。

伊丹は、打ちひしがれた思いで、田端捜査一課長に言った。

「わかった。下がってくれ」

「このまま、検事の指示通り、取り調べを続けますか？」

「送検してしまったからには、そうするしかないだろう。今後のことは、俺が考える」

「わかりました」

田端捜査一課長が部長室を出て行くと、伊丹は頭を抱えた。

なんで送検なんてしてしまったんだ……。そんなに事を急ぐ必要などなかったはずだ。

せめて、ＤＮＡ鑑定の結果が出るまで、送検を待っていれば……。

刑事総務課の係員が顔を出した。

「次の面会、よろしいですか？」

伊丹はこたえた。

「ちょっと、待ってくれ」

ドアが閉まると、伊丹は竜崎に電話した。

「何だ? こっちは忙しいんだ」

「DNA鑑定の結果、被疑者の北森はシロと出た」

「ああ、そのようだな。指紋の件も、引っ越し作業でついたという被疑者の供述の裏が取れたそうだな」

「だが、それを検事が認めない」

「知っている」

「検事は、伝票、防犯ビデオの映像、指紋の三つの証拠を楯《たて》に取り、北森を落とすつもりだ」

「ばかな検察官のやりそうなことだ。筋書きを書いて、それに合わせた自白を取ろうということだ」

「逮捕・送検を指示したのは俺だ。俺の責任だ」

「そうだな」

「どうしたらいいのか、わからん」

「検事のところに行って、逮捕が間違いだったと言えばいい」

「刑事部長が直接検事に会いに行くなんて、聞いたことがない」

「自分の責任だと言っただろう。だったら、その責任を果たせ」

「検事は、はなっから有利な証拠だけを採用し、不利な証拠を無視するつもりだ」

「だったら、その有利な証拠とやらを、つぶしていけばいい。まず、指紋の件は、引っ越し作業の確認でつぶれた。伝票の件は、部屋を訪ねたことの証明にすぎず、犯行の証明にはならない」

「あとは、防犯ビデオの映像か……」

「それが、本当の犯人を示しているのではないかと、我々は考えている」

「どういうことだ？」

「北森の顔が確認できた映像と、顔が確認できなかった映像があった」

「それは知っている」

「精査したら、それは別人だということがわかった。制服は似ているが、ちょっと違っている。体格も違う。時系列で言うと、北森のほうが、もう一人の配達員らしい人物よりも先に映っている」

「……よくわからないが……」

「宅配便の配達員らしき男は、北森一人だと思っていたが、実は二人いたんだ。そして、事件の夜は、住人以外でマンションに出入りしたのは、その二人だけだ」

「なるほど、そのどちらかの配達員が、犯人なわけだな？」

「マンションの住人という可能性もあるが、ここは、外部からの侵入者が犯人だと仮定しよう。おまえが言うとおり、二人のうちのどちらかが犯人である可能性が高い。現場の残留物のＤＮＡと、北森のＤＮＡは一致しなかった。つまり、もう一人の配達員が犯人である可能性がきわめて高いということだ」

北森の顔を確認して彼の犯行の証拠となっていた防犯カメラの映像が、実は北森以外の犯人を映していたということか……。しかし……。

「その配達員が何者かはわかっていない。北森が無実だとすると、捜査は振りだしに戻ったことになる。検事は、納得しないだろう」

「振り出しなんかじゃない。防犯ビデオ精査の結果を得て、大森署ではすでにその人物を特定している」

「何だって？」

「被害者は、以前付き合っていた男性と別れ話で揉《も》めていたらしい。引っ越したのもそれが理由のようだ。その元交際相手を洗い出した。近所で聞き込みをした結果、その人物が、宅配便配達員のような恰好《かっこう》で出かけるのが目撃されている」

伊丹は、あんぐりと口を開けていた。竜崎の言葉が続いた。

「任意で身柄を押さえてある。家宅捜索をしたいが、なんせ、北森が送検されているので、裁判所の許可が下りない。同一の事案で、二人の被疑者を起訴することはできないからな。だから、早いところ、北森を不起訴にしてもらわないと……」

「わかった。すぐに担当の検察官に会って話をしてくる」

「急いでくれ。任意なんで、そう長くは身柄を拘束できない」

「それにしても、防犯ビデオから、よく被疑者特定までこぎ着けたな……」

「うちの捜査員は優秀なんだ。そして、へそ曲がりもいる」

「結果が出たら、すぐに連絡する」

電話を切ると、伊丹はすぐに、検事に会う手配をした。

担当検事は、伊丹よりも五歳は年下で、ずいぶんと横柄《おうへい》なやつだった。最初は「北森を落とせ」の一点張りだったが、伊丹が根気よく、竜崎と話し合った内容を告げると、次第に考え込むようになった。

そして、最後にはこう言った。

「まあ、せっかく刑事部長さんがいらしたのだから、今回は起訴しないことにしましょう。すぐに、その別の被疑者とやらを送検してください」

警視庁に戻る途中、公用車の中から竜崎に、検事との話し合いの結果を知らせた。

竜崎は、「展開があったら知らせる」と言って電話を切った。

その二時間後、部長室の伊丹のもとに、竜崎から電話がかかってきた。

「自白した」

「経緯は?」

「家宅捜索をしたら、宅配便の制服のようなジャンパー、作業ズボン、帽子が出てきた。本物の制服ではない。配達員を装《よそお》ってドアを開けさせたのだろう。その制服風の衣類は、防犯カメラに映っていた、北森以外の配達員の服装と一致した。それを伝えると、被疑者は、犯行を自供した」

「逮捕状を執行する前に、ＤＮＡ鑑定をやってくれ」

「わかっている」

「被疑者の名前を教えてくれ」

「捜査一課長から報告があるはずだ」

「その前に聞いておきたい」

「伴部《ともべ》佑一《ゆういち》」

「おまえのお陰で助かったよ」

「別におまえのためにやったわけじゃない。冤罪を避けたかっただけだ」

「わかっている」

「捜査本部に顔を出すのもいいが、一つだけ言っておく。刑事部長の一言は重い。おまえが何気なく言った言葉でも、捜査幹部は重たく受け止める。だから、今回のようなことが起きた。発言には充分注意しろ」

「ああ、おまえの言うとおりだと思う」

「じゃあな」

電話が切れた。

竜崎には、何度助けられたことか。だが、本人には、伊丹を助けたという自覚などないに違いない。

今回も、竜崎はいつもと変わらない態度だった。彼は、淡々と自分のやるべきことをやっているだけだ。それが頼もしかった。

刑事総務課の係員が言った。

「参事官と捜査一課長が、報告があるとのことですが……」

「入れてくれ」

田端捜査一課長が説明を始める前に、伊丹は言った。

「伴部佑一の件だな?」

田端捜査一課長と参事官は、驚いた顔になった。そして、すぐに「ああ、そうか」という表情に変わった。

伴部佑一逮捕の知らせが届いたのは、その翌日のことだった。

解説

大矢博子

いまや今野敏の代表作となった「隠蔽《いんぺい》捜査」シリーズ。

ここまで長編が五作と、短編集『初陣《ういじん》　隠蔽捜査3.5』が文庫入りしている。本書は『初陣』に続く二冊目の番外編であり、スピンオフ短編集である。『初陣』は主人公・竜崎伸也《りゅうざきしんや》の同期で警視庁刑事部長を務める伊丹俊太郎《いたみしゅんたろう》視点の作品集だったが、今回は脇《わき》を固めるレギュラーメンバーたちが持ち回りで主人公を務めるという、初の試みとなった。

まず簡単に外枠を説明しておこう。竜崎伸也は、もともと警察庁長官官房に勤務するキャリアの警視長だった。しかし不祥事がらみの懲罰人事で、所轄《しょかつ》の大森署に署長として異動。署長になってからの竜崎は原理原則に則り、事件解決のため常に〈正しい〉方法をとる。それは従来の警察機構からは考えられないやり方で周囲は戸惑うが、竜崎に従ううちに警察組織の問題点が浮き彫りになり、本当に大事なことは何なのかが見えてくる……というのがシリーズの流れだ。

今野敏にとって「隠蔽捜査」と並ぶ警察小説の二枚看板のひとつが、三十年近くにわたって書き続けている「安積《あずみ》班」シリーズだ。それだけ長く続いていながら、「安積班」にはスピンオフと銘打たれた作品は存在しないことをご存知だろうか。理由は簡単。「安積班」はもともと安積剛志《つよし》警部補ひとりの物語ではなく、チームを描くのが主眼だからである。

シリーズ開始当初から安積班のメンバーにははっきりした個性が与えられ、当たり前のようにそれぞれの視点が作中に登場していた。誰かひとりにフォーカスした短編も多い。安積視点の長編であっても、安積の目を通して班員たちが細やかに描かれ、それぞれのメンバーが班の中で何を担《にな》っているのかがダイレクトに伝わってくる。異なる個性が融合したときチームがどう機能するかを描くのが「安積班」シリーズであり、安積自身はその案内役に過ぎないのだ。だからスピンオフが存在する必要がないのである。

翻《ひるがえ》って「隠蔽捜査」はどうか。「安積班」とは正反対だ。「隠蔽捜査」では竜崎の個性が突出している。竜崎伸也という主人公が〈正しさ〉を武器に旧弊な警察組織と戦うシリーズなのだから当然だ。他の者たちには自然と「竜崎の行動に驚く・戸惑う・

尊敬するもしくは反発する」という役割が与えられてしまう。結果として脇役たちの見せ場が少なくなっているのは否めない。

では本シリーズの脇役たちには、個性がないのだろうか？　いや、決してそんなことはない。シリーズも五冊を数えると、読者もすっかり彼らと馴染《なじ》みになっている。やたら怒鳴り込んでくる野間崎《のまざき》管理官、考えていることが顔に出ない貝沼副署長、部下思いの関本刑事課長、自由すぎる戸高刑事などなど、実はなかなか味のあるキャラが目白押しだということに、読者はすでに気づいている。しかもシリーズが進むにつれ、彼らにもなんだか変化が生まれているような気さえする。

だが本シリーズがあくまでも竜崎の戦いを主眼に置き、竜崎視点で物語が進む以上、読者がそれらを知ることはない。安積は過剰なまでに部下の感情や性格を忖度《そんたく》し読者に説明してくれるが、それを竜崎に望むのは、鉄に向かって水に浮けと言うのと同じくらい不可能なのだから。

そこでスピンオフである。

これまで竜崎の視点のみで語られてきた彼らが、それぞれ何を感じ、どう変わってきたかがここでようやく描かれるわけだ。ファンにはたまらないボーナストラックと言っていい。

では、今回晴れて主役を射止めた面々を紹介しながら、収録作を見ていこう。

「漏洩《ろうえい》」

主人公は大森署副署長、貝沼悦郎《かいぬまえつろう》。事件の容疑者逮捕がひとつの新聞社にだけ漏れていた。しかも刑事課からは誤認逮捕の恐れがあると聞き、貝沼は署長に知られる前に対策をとろうとするが……。

貝沼副署長の初登場は『果断　隠蔽捜査2』だ。ノンキャリアから叩《たた》き上げた苦労人で、退官も近いベテラン警視。竜崎に対して反感を露《あら》わにするでもおもねるでもなく、淡々と指示に従う副署長として描かれている。自分に不満を持っているのだろうと考える竜崎にそうではないことを伝え、所轄署とは共同体であること、所轄という組織を信頼して欲しいことを告げる場面が印象的だった。つまり貝沼は、署長を補佐する〈副署長のプロフェッショナル〉なのだ。

貝沼は登場するたびに「ホテルマンのような」「執事のような」と書かれるが、これもプロフェッショナルにふさわしい形容だろう。そして署長と副署長は、大森署を支えるタッグになっていく。彼と竜崎の信頼関係は本書収録の「人事」にも表れている。

「訓練」

警視庁警備部警備第一課のキャリア、畠山美奈子《はたけやまみなこ》の物語である。ハイジャック犯に対処する組織、スカイマーシャルの訓練を受けることになった畠山。警備部から派遣された中で唯一《ゆいいつ》のキャリアであり唯一の女性だったことから疎外感を感じ、自信を失った畠山は竜崎に相談の電話をかける……。

畠山美奈子が登場したのは『疑心　隠蔽捜査3』。アメリカ大統領の訪日に備え、第二方面警備本部長に抜擢《ばってき》された竜崎の秘書官としてつけられたのが彼女だ。同作はなんと竜崎が、彼女に恋をしてしまう――という異色作でもある。本編では畠山の悩みにクールに答える竜崎だが、内心何を思っていたかを想像すると、おかしくてたまらない。

なお、『疑心』でなぜ竜崎に畠山がつけられたのかが明らかになるのが『初陣』所収の「試練」。こちらもぜひ併せてお読みいただきたい。

本編は、男社会での立ち位置に悩む女性に特にお勧めだ。竜崎が畠山に与えたアドバイスは逆転の発想で、「こういう考え方があったか！」と気持ちが楽になることだろう。

「人事」

　警視庁第二方面本部、管理官の野間崎政嗣《まさつぐ》が主人公。方面本部長を補佐する立場にある野間崎は、新任の弓削《ゆげ》方面本部長から管内のレクチャーを頼まれ、つい、大森署に問題があると言ってしまう。興味を持った弓削は、竜崎に会いたいと言い出して……。

　本書で最も意外な一編である。初登場の『果断』で竜崎に面目を潰《つぶ》されて以来、野間崎は常に敵役だった。ところが本編で野間崎の内面を知ると、少しずつ風向きが変わってきているのが見て取れるのだ。

　毎回毎回竜崎に厳しく当たっては逆襲を喰らっていた野間崎が、実は内心では竜崎を認め始めていたというのは大きな驚きであり、スピンオフでなければ味わえない醍《だい》醐味《ごみ》である。そうだよ、こういうことが知りたかったんだよ！

　本編で自分の気持ちを自覚したせいか、次巻『去就　隠蔽捜査6』での野間崎は一味違う。刑事部長の伊丹が「あいつは、おまえに反抗的だったが、すっかり飼いならされたようだな」という場面もあるので、ぜひ楽しみに読まれたい。

「自覚」

視点人物は大森署刑事課長、関本良治《せきもとりょうじ》。

管内で強盗殺人事件が発生し、戸高刑事が逃走中の容疑者を発見、発砲するという事態が起きた。拳銃の使用は適切だったのか、署内で聞き取りが始まったが……。

関本もまた、『果断』から登場しているレギュラーメンバーのひとりだ。『果断』ではこれまでに例のない竜崎の方針に戸惑い、所長室の電話を使えと言われても自分の机に戻ったり、竜崎に向かって「現場であまり動かないでください」と進言したりしている。署長と部下の間に入り部下を守ろうとする、責任感の強い課長である。

最初は竜崎のやり方に馴染めなかった関本も、今では竜崎を尊敬している。本編では、戸高を処分したくはないが発砲をなかったことにはできないというジレンマに悩む関本が、竜崎の判断を仰ぐ。

「実地」

大森署地域課長、久米《くめ》政男《まさお》。『果断』で竜崎と一緒にＰＴＡや教師との防犯対策懇談会に出席した地域課長である。普段は責められるばかり要求されるばかりの警察が、逆に地域や教師に対して物申したことに「署長は地域課が言いたいことを代弁してくださいました」と告げた。思えば最初に竜崎のすごさを認識した署員かもしれない。

本編では、地域課員が職務質問した相手が実は手配中の窃盗犯で、それに気づかず逃してしまったと刑事課長の関本が怒鳴り込んでくる。読みどころは、刑事課と地域課の対決だ。互いに、自分の課を守る、部下を守るというプライドが見えて、単なる縄張り争いではないところが実に気持ちいい。

また、『初陣』所収の「静観」には、本編とよく似た事件が登場する。空き巣事件の捜査中に聞き込みをした相手が犯人で、そのまま逃げられたという一件だ。そちらも竜崎は鮮やかに処理している。読み比べてみるのも一興。


「検挙」

大森署強行犯係長、小松茂警部補の物語。『果断』では関本同様、型破りな竜崎の行動にどちらかといえば不満を抱いていた。熱血漢で、関本は小松を「頼りになる男ですよ」(『転迷　隠蔽捜査4』)と評している。

その小松が、検挙数と検挙率をアップさせるよう警察庁から通達され、現場の実態を知らない上層部の方針に呆《あき》れる、というのが本編の導入部である。それを達成するため強行犯係がとった秘策が実にケッサク。勝手な方針ばかり出してくる上に困らされている現場、というのは業種を問わない。共感する読者も多いだろう。実に痛快な一編である。

だが本編の真の主役は戸高刑事だ。ついでに言えば「自覚」も、戸高刑事の話である。『隠蔽捜査』のラスト近くで登場して以降、現場の刑事としてかなり重要な役どころを担ってきた戸高だが、本書には戸高視点の作品はない。これは、戸高は内面を見せるより、何を考えているか見せないまま動かす方が面白い人物だからに違いない。本編や「自覚」は、そのいい証左と言えるだろう。

「送検」

掉尾《とうび》を飾るのは、竜崎の同期にして幼馴染の伊丹俊太郎刑事部長だ。『初陣』から数えれば、伊丹視点の短編はこれが九作目ということになる。

大森署管内で起きた強姦《ごうかん》殺人事件の捜査会議に隣席した伊丹は、任意で話を聞いていた人物の容疑が固まったとして逮捕、送検を決める。ところが送検後、彼の犯行を否定する材料が次々と出てきて……。

自分の判断が間違いだったとわかったときどうするかで、人の器が測られるという。本編はまさに、「間違えたときどうするか」のサンプルが揃《そろ》っている一編と言える。

そのまま押し通そうとする検事、訂正すべきとわかっていても立場がそれをためらわせる伊丹、そして彼らとはまったく別の方法をとる竜崎。その違いこそが読みどころだ。というか、竜崎も早く言ってやればいいのに！

とまあ、実にバラエティに富んだスピンオフ作品集で、「隠蔽捜査」の世界がぐっと立体的に、身近になる。次巻の『去就』で彼らが登場する場面では、また違った感覚で物語が味わえることだろう。

これら収録作に共通することがふたつある。ひとつは、主人公が悩んだり迷ったりしたことを竜崎に報告あるいは相談するという流れだ。それに対する竜崎の答えで、彼らの悩みや迷いは雲散霧消する。「竜崎の言葉は、魔法のようだ」「俺は今まで、何を悩んでいたのだろう」

この構図は何かに似ている……と考えて思い至った。安楽椅子《いす》探偵だ。竜崎は、各主人公から情報を与えられ、別の解釈を示してみせる。事件の謎解《なぞと》きではないが（それは『初陣』の方で味わえる）、もつれた糸をほどき問題を解決するという点では同じである。しかもその過程に、竜崎の魅力が存分に入っている。これはレギュラーメンバーたちの物語であると同時に、安楽椅子探偵・竜崎の活躍譚でもあるのだ。

特に、シリーズ長編よりもむしろ本書の方が、竜崎のかっこよさが際立っていることに着目願いたい。部下の悩みを鮮やかに解決する姿ばかりが描かれ、長編でおなじみの〈唐変木《とうへんぼく》〉っぷりが出ないだけで、竜崎ってここまでかっこよく見えるのかと驚かされた。

シリーズ読者は既に承知だろうが、長編では署長として向き合う事件と並行して、常に竜崎のプライベートな問題が描かれてきた。息子の不祥事や受験、妻の病気、娘の恋愛・結婚問題などだ。そして職場では常に颯爽《さっそう》と事に当たってきた竜崎が、家庭では妻から〈唐変木〉と言われるほど、可愛《かわい》いくらいにダメダメであることに読者は苦笑いしてきたのである。特に『果断』で妻が入院中の竜崎の生活力のなさと言ったら……。

面白いのは、竜崎自身は職場であろうが家庭であろうがまったくブレていないという点だ。なのに職場ではこの上なくかっこよく、家庭ではダメっぷりが目立つ。合理性のみに拠って立つ竜崎の〈人間味のなさ〉が、ブレないことによって逆に人間味を醸《かも》し出すという、実に興味深い状態になっているのである。

家庭でも竜崎は常に〈正しい〉し、それが子どもたちの救いになることは間違いない。そういう意味ではやはり家庭でも最終的にはかっこいいのだが、それは多分に妻冴子《さえこ》の誘導によることに気づかれたい。夫の性格を完全に把握し、後顧の憂いなく仕事を遂行するための環境づくりから、父親としての存在感の演出まで、この妻なくして竜崎伸也は成立しないのだ。むしろ妻のスピンオフを読みたい。なぜ結婚しようと思ったんだ。女神か。

そんな内幕を一切排し、竜崎の表面に現れる〈デキる部分〉だけをすくいとったのがこのスピンオフなのである。そりゃかっこいいに決まってるさ。本書の主役たちは職場の竜崎しか知らない。そして職場の竜崎がいかにかっこいいかを、本書はあらためて読者にも教えてくれているのである。

そして本書収録作のもうひとつの共通点とは……みんな、なんだかんだ言って竜崎のこと大好きだな！

貝沼は竜崎の一言を「うれしかった」と感じるし、関本は「竜崎には、できればいつまでも大森署の署長でいてほしい」と思っている。久米は、署の仲間のことを「一番よくわかっているのは、竜崎署長ではないか」と感じ、小松は「いつまでも、この署長の下で働きたい」と考える。

竜崎視点のシリーズ長編ではわからない、彼らの竜崎に対する思い。うすうすは察していながらも、はっきり確認できたことがとても嬉《うれ》しい。竜崎という人物の魅力はこれまでも存分に味わってきたが、それが本書で〈大森署の魅力〉に膨れ上がった。チームを描く「安積班」と本シリーズは構造的に違う。だが大森署もまた、チームであることに変わりはない。しかも、日々変貌《へんぼう》を遂げるチームだ。ファンとして、その変貌をつぶさに見ていたい。だが残念ながら〈唐変木〉の竜崎はそれを読者に伝えるほどのサービス精神を持たない。かくして読者は、次なるスピンオフを楽しみに待つことになるのである。

（二〇一七年二月、書評家）

この作品は二〇一四年十月新潮社より刊行された。

今野敏著

去就
―隠蔽捜査6―

ストーカーと殺人をめぐる難事件に立ち向かう竜崎署長。彼を陥れようとする警察幹部が現れて。捜査と組織を描き切る、警察小説。

今野敏著

棲月
―隠蔽捜査7―

鉄道・銀行を襲うシステムダウン。謎めいた非行少年殺害事件。姿の見えぬ〝敵〟を追え！　竜崎伸也大森署署長、最後の事件。

今野敏著

清明
―隠蔽捜査8―

神奈川県警に刑事部長として着任した竜崎伸也。指揮を執る中国人殺人事件の捜査が公安の壁に阻まれて――。シリーズ第二章開幕。

今野敏著

リオ
―警視庁強行犯係・樋口顕―

捜査本部は間違っている！　火曜日の連続殺人を捜査する樋口警部補。彼の直感がそう告げた。刑事たちの真実を描く本格警察小説。

今野敏著

朱夏
―警視庁強行犯係・樋口顕―

妻が失踪した。樋口警部補は、所轄の氏家とともに非公式の捜査を始める。鍛えられた男たちの眼に映った誘拐容疑者、だが彼は――。

今野敏著

ビート
―警視庁強行犯係・樋口顕―

島崎刑事の苦悩に樋口は気づいた。島崎は実の息子を殺人犯だと疑っているのだ。捜査官と家庭人の間で揺れる男たち。本格警察小説。

伊坂幸太郎著
ラッシュライフ

未来を決めるのは、神の恩寵か、偶然の連鎖か。リンクして並走する4つの人生にバラバラ死体が乱入。巧緻な騙し絵のごとき物語。

伊坂幸太郎著
オー！ファーザー

一人息子に四人の父親!? 軽快な会話、悪魔的な箴言、鮮やかな伏線。伊坂ワールド第一期を締め括る、面白さ四〇〇％の長篇小説。

石田衣良著
4TEEN【フォーティーン】
直木賞受賞

ぼくらはきっと空だって飛べる！ 月島の街で成長する14歳の中学生4人組の、爽快でちょっと切ない青春ストーリー。直木賞受賞作。

荻原　浩著
オイアウエ漂流記

飛行機事故で無人島に流された10人。共通するは「生きたい！」という気持ちだけ。爆笑と感涙を約束する、サバイバル小説の大傑作！

垣根涼介著
ワイルド・ソウル（上・下）
大藪春彦賞・吉川英治文学新人賞・日本推理作家協会賞受賞

戦後日本の〝棄民政策〟の犠牲となった南米移民たち。その息子ケイらは日本政府相手に大胆な復讐劇を計画する。三冠に輝く傑作小説。

垣根涼介著
君たちに明日はない
山本周五郎賞受賞

リストラ請負人、真介の毎日は楽じゃない。組織の理不尽にも負けず、仕事に恋に奮闘する社会人に捧げる、ポジティブな長編小説。

桐野夏生著　残虐記
柴田錬三郎賞受賞

自分は二十五年前の少女誘拐監禁事件の被害者だという手記を残し、作家が消えた。折り重なった虚実と強烈な欲望を描き切った傑作。

桐野夏生著　ナニカアル
島清恋愛文学賞・読売文学賞受賞

「どこにも楽園なんてないんだ」。戦争が愛人との関係を歪めてゆく。林芙美子が熱帯で覗き込んだ恋の闇。桐野夏生の新たな代表作。

黒川博行著　疫病神

建設コンサルタントと現役ヤクザが、産廃処理場の巨大な利権をめぐる闇の構図に挑んだ。欲望と暴力の世界を描き切る圧倒的長編！

黒川博行著　螻蛄（けら）
―シリーズ疫病神―

最凶「疫病神」コンビが東京進出！　巨大宗派の秘宝に群がる腐敗刑事、新宿極道、怪しい画廊の美女。金満坊主から金を分捕るのは。

久坂部羊著　カネと共に去りぬ

今日、患者が死んだ――。『異邦人』『アルジャーノンに花束を』『変身』。名作が劇薬医療エンタテインメントに生まれ変わった！

小池真理子著　モンローが死んだ日

突然、姿を消した四歳年下の精神科医。私が愛した男は誰だったのか？　現代人の心の奥底に潜む謎を追う、濃密な心理サスペンス。

近藤史恵著
サクリファイス
大藪春彦賞受賞

自転車ロードレースチームに所属する、白石誓。欧州遠征中、彼の目の前で悲劇は起きた！　青春小説×サスペンス、奇跡の二重奏。

近藤史恵著
エデン

ツール・ド・フランスに挑む白石誓。波乱のレースで友情が招いた惨劇とは――自転車競技の魅力疾走、『サクリファイス』感動続編。

佐々木譲著
制服捜査

十三年前、夏祭の夜に起きてしまった少女失踪事件。新任の駐在警官は封印された禁忌に迫ってゆく――。絶賛を浴びた警察小説集。

佐々木譲著
暴雪圏

会社員、殺人犯、不倫主婦、ジゴロ、家出少女。猛威を振るう暴風雪が人々の運命を変えた。川久保篤巡査部長、ふたたび登場。

佐々木譲著
警官の血（上・下）

初代・清二の断ち切られた志。二代・民雄を蝕み続けた任務。そして、三代・和也が拓く新たな道。ミステリ史に輝く、大河警察小説。

佐々木譲著
警官の条件

覚醒剤流通ルート解明を焦る若き警部・安城和也の犯した失策。追放された〝悪徳警官〟加賀谷、異例の復職。『警官の血』沸騰の続篇。

長崎尚志著
闇の伴走者
—醍醐真司の博覧推理ファイル—
女性探偵と凄腕かつ偏屈な編集者が追いかけるのは、未発表漫画と連続失踪事件の謎。高橋留美子氏絶賛、驚天動地の漫画ミステリ。

貫井徳郎著
灰色の虹
冤罪で人生の全てを失った男は、復讐を誓った。次々と殺される刑事、検事、弁護士……。復讐は許されざる罪か。長編ミステリー。

乃南アサ著
岬にて
—乃南アサ短編傑作選—
狂気に走る母、嫉妬に狂う妻、初恋の人を想う女。女性の心理描写の名手による短編を精選して描く、女たちのそれぞれの「熟れざま」。

乃南アサ著
女刑事音道貴子
凍える牙
直木賞受賞
凶悪な獣の牙——。警視庁機動捜査隊員・音道貴子が連続殺人事件に挑む。女性刑事の孤独な闘いが圧倒的共感を集めた超ベストセラー。

乃南アサ著
女刑事音道貴子
花散る頃の殺人
32歳、バツイチの独身、趣味はバイク。かっこいいけど悩みも多い女性刑事・貴子さんの短編集。滝沢刑事と著者の架空対談付き！

帚木蓬生著
閉鎖病棟
山本周五郎賞受賞
精神科病棟で発生した殺人事件。隠されたその動機とは。優しさに溢れた感動の結末——。現役精神科医が描く、病院内部の人間模様。

自《じ》覚《かく》

—隠蔽捜査5.5—

新潮文庫　こ－42－57

平成二十九年五月一日発行
令和四年七月三十日十刷

著者　今《こん》野《の》敏《びん》

発行者　佐藤隆信

発行所　株式会社　新潮社

郵便番号　一六二―八七一一
東京都新宿区矢来町七一
電話　編集部(〇三)三二六六―五四四〇
読者係(〇三)三二六六―五一一一
https://www.shinchosha.co.jp

価格はカバーに表示してあります。

乱丁・落丁本は、ご面倒ですが小社読者係宛ご送付ください。送料小社負担にてお取替えいたします。

印刷・大日本印刷株式会社　製本・加藤製本株式会社

ISBN978-4-10-132161-5　C0193